W0360753

MANUEL À L'USAGE DES ENFANTS QUI ONT DES PARENTS DIFFICILES

Sous le pseudonyme de Jeanne Van den Brouck, se cache une psychanalyste parisienne qui a tiré de sa longue expérience la matière de ce « manuel ».

DU MÊME AUTEUR

Le Nourrisson savant et ses parents
(avec David B.)
Seuil, « Petit Point », 1990

Les Leçons du nourrison savant
(avec David Bauchard)
Seuil, « Petit Point », 1990
et « Points Virgule », n°190, 1998

Jeanne Van den Brouck

MANUEL À L'USAGE DES ENFANTS QUI ONT DES PARENTS DIFFICILES

Préface de Françoise Dolto

Éditions du Seuil

TEXTE INTÉGRAL

ISBN 2-02-089226-X
(ISBN 2-02-049523-6, 2nde publication poche
ISBN 2-02-006284-4, 1re publication poche)

© Éditions du Seuil, 1982

Le Code de la propriété intellectuelle interdit les copies ou reproductions destinées à une utilisation collective. Toute représentation ou reproduction intégrale ou partielle faite par quelque procédé que ce soit, sans le consentement de l'auteur ou de ses ayants cause, est illicite et constitue une contrefaçon sanctionnée par les articles L.335-2 et suivants du Code de la propriété intellectuelle.

Ce travail est dédié à notre maître
le Nourrisson Savant
et à son parent : Sàndor FERENCZI

Les exemples cliniques de ce livre proviennent de notre cadre de vie de tous les jours, de notre propre histoire. Si quelqu'un pensait s'y reconnaître, et en éprouvait de la peine, qu'il veuille bien nous pardonner ; qu'il soit bien certain que personne d'autre ne pourra l'identifier.

PRÉFACE

Ce livre s'adresse aux enfants, comme son titre l'indique, mais moi je le recommande aux adolescents et aux adultes. Et si, d'aventure, des parents se veulent à la page, comme moi qui ai trouvé ce livre génial, je gage qu'ils s'y retrouveront encore plus (à la page), à travers ces histoires de famille, là, à toutes les pages. Ceux qui liront et méditeront ce livre en tireront grand profit, et surtout celui de s'amuser aussi. Ceux qui ferment ce livre après l'avoir dévoré ont retrouvé la faculté de rire, comme des enfants, des situations comico-tragiques de la vie familiale magistralement mise en scène. Redevenus alors l'idoine auquel l'auteur s'adresse, ils reprendront espoir dans l'éducation peut-être insuffisante de leurs parents vieux, ou de leurs vieux parents encore difficiles (voir page 94).

Quel que soit l'âge civil du lecteur, s'il s'amuse bien, il ne pourra pas ne pas être reconnaissant à ses parents — malgré les impasses de l'éducation réciproque qu'ils ont essayé de se donner — de l'expérience nouvelle qu'il en tirera et qui lui permettra de sortir d'une situation apparemment désespérée. Devenu lucide, grâce à l'auteur, l'enfant comprendra les limites d'une bonne volonté chez ses parents difficiles, limites qui leur ont été tracées par l'expérience de leur enfance avec les grands-parents, eux-mêmes héritiers de leurs aïeux.

Quant aux parents, ils deviendront lucides sur les efforts que font leurs enfants pour les éduquer à travers ce qu'ils appellent les soucis que ceux-ci leur donnent et ils n'appelleront plus « ingrats » ces enfants éducateurs, plus ou moins maladroits.

Comme moi, tous seront reconnaissants à Jeanne Van den Brouck de son expérience inégalable de psychanalyste d'oncle en nièce et d'artiste de mère en fille dont elle nous fait généreusement et délicatement profiter avec un humour trop rare chez les psychanalystes pour qu'on ne s'en réjouisse pas.

Ce n'est pas un livre de recettes — comme chacun sait en pédagogie il n'y en a pas —, c'est un livre de sagesse profonde et de réflexion ; peut-être même de réflexion in-

consciente après le niveau premier de plaisir conscient. Il s'agit d'un livre de science appliquée, de la science humaine qu'est la psychanalyse appliquée aux avatars imaginaires mais aux conséquences combien réelles qui surviennent au détour de nos vies, à nous autres, œuvres de chair, réunis les uns aux autres par la chaîne génétique symbolique et le langage, ce langage fait de mots, mais aussi de corps et de comportements.

Que nous soyons chers ou non à des parents qui nous sont chers ou non, vivants ou disparus, nous trouvons ici la clé qui nous permet d'ouvrir le boudoir secret, le secrétaire de nos tendresses bafouées, de nos amours familiales éprouvées, qu'auparavant nous avions cru être contestation, revendications amères, voire haines familiales, si douloureuses à vivre pour tant d'entre nous.

Ce livre, disais-je, est à mettre entre toutes les mains, à lire à tous les fœtus tandis qu'ils sont nichés confortablement, pensons-nous, dans le ventre de leur mère, et à tous les petits enfants qui ne sont pas encore allés à l'école et qui ne savent pas lire, car c'est un livre d'histoires. Pour les grands, ceux qui savent lire, il suffira de le laisser traîner dans la maison. Bien plus que les livres d'éducation dite sexuelle, pour tel ou tel âge, destinés à faciliter la communication entre les en-

fants et leurs adultes tutélaires, ce livre permettra des échanges véridiques entre les individus de classe d'âge différente, qu'ils soient des éducateurs patentés, ou de la même famille. Chacun se retrouvera au détour de ces pages, avec une petite distance, celle qui permet le sourire, la compassion ou le rire franc.

Les adultes comprendront les raisons irraisonnées des lacunes de connaissances concernant leurs aïeux ou leurs parents ; lacunes à l'origine de leurs difficultés actuelles vis-à-vis de leurs parents qu'ils n'ont pas su élever, et vis-à-vis de leurs enfants qu'ils ne peuvent élever à cause de cela. Ils se sentiront innocentés de ces échecs répétitifs, tellement déprimants, par lesquels leur bonne volonté est lourdement éprouvée. Les enfants découvriront comment s'y prendre à temps, en douceur, avec intelligence et cœur, sans s'enferrer — selon le genre de parents auxquels ils ont affaire — dans des moyens inefficaces vis-à-vis de ces parents, et dangereux pour eux-mêmes.

Enfin, grâce à ce livre qui vient à son heure, ce fameux commandement : « Tes père et mère honoreras » prendra son sens véridique qui, aux entrailles de chaque être humain, lui commande de devenir responsable de soi dans la loi, dès l'âge de la raison, pour chaque garçon et pour chaque fille au moment de sa nubilité, en donnant le quitus à ses parents, sans attendre qu'ils vous comprennent jamais, d'une attente qui grève tant d'énergie chez des enfants demeurés et des adolescences prolongées parfois jusqu'à 70 ans. Ils comprendront que c'est une illusion d'attendre que leurs parents leur permettent de s'éclore parce que, pusillanimes, ils craignent que leurs enfants, échappant à leur tutelle, souffrent encore plus qu'eux en s'expérimentant dans une société qui leur fait peur, peur ancestrale, peur de vivre héritée de grands-parents et d'arrière-grands-parents traumatisés et restés des enfants auxquels, dans les profondeurs de leur cœur, ils ne peuvent faire la moindre peine. Or, l'éducation ne peut se faire sans faire parfois de la peine à ceux que l'on a à éduquer. Honorer ses parents, ce n'est pas leur faire toujours plaisir, contrairement à ce que croient bien des êtres humains, piégés dans la dépendance infantile, qui a laissé à ce petit enfant grandi l'illusion qu'aimer ses parents est la clé du bonheur pour eux et pour soi. Ce piège qui pervertit le commandement inscrit dans nos entrailles dès notre conception, ce commandement d'advenir à notre pleine stature d'adultes responsables, lorsqu'il est déguisé en commandement d'aimer quel que soit le prix ceux qui nous élèvent, sans jamais leur désobéir ni assumer soi-même sa propre éclosion, conduit avec les meilleures intentions bien des familles aux portes de l'enfer.

Ce livre permet de comprendre comment et pourquoi les parents sont incapables de conduire leurs enfants plus loin qu'ils ne sont arrivés eux-mêmes. Il permet de comprendre aussi comment des parents aimants, angoissés, puérils, obligent la force de vie de leurs enfants à s'exprimer sous toutes les formes d'échec, souffrance pour eux et pour leur descendance, tous piégés à des degrés divers par l'amour parents-enfants, enfants-parents, confondu avec des désirs incestueux infantiles de part et d'autre.

Pour les enfants de 6 à 14 ans d'âge civil, l'auteur et son éditeur devraient penser à une publication sous forme de bandes dessinées, plus explicite que la lecture au cours de cette période, qu'il est si important pour les enfants de ne pas manquer pour l'éducation de leurs parents. Je dis cela à cause des dyslexiques, si nombreux de nos jours, à cause de la répugnance chez beaucoup à décoder des petites lettres, dont les parents difficiles ont rendu malaisés la perception visuelle et le sens auditif des phonèmes, ainsi révélés par la lecture. En effet, il n'y a pas que cette perception visuelle croisée à la perception auditive qui a été mise en désordre par l'éducation pre-

mière qu'ont reçue certains enfants. Beaucoup d'autres perceptions justes de leurs enfants ont été mises en désordre ou déniées par des parents qui, sans penser à mal, embrouillent tout par leurs mensonges (voir page 67). Les mots adéquats aux perceptions sont trop souvent intentionnellement tus par eux, et de nombreux verbes involontairement mal conjugués.

Le verbe lire, en particulier, avec son infinitif, fait beaucoup trop penser... Je parle bien entendu pour les Français. Réfléchissons. Au temps présent : je lis, tu lis, il ou elle lit, il y a ce phonème « li » qui devient un ordre, alors que c'est interdit, lorsqu'on a des parents difficiles, qui ont la manie tout au long de l'enfance de protéger leurs garçons et filles par rapport à la curiosité des jeux sexuels charnels que sous-entend ce phonème « li » (t des parents).

Je, moi, ta mère, ton père, nous, tous deux ensemble, tes parents, sont des mots rarement entendus par les enfants d'aujourd'hui. Papa et Maman parlent d'eux-mêmes à la troisième personne, comme s'ils étaient des aînés, frère ou sœur, et non pas un homme et une femme, amants, à l'origine de la vie de leurs enfants, des adultes qui assument leur désir l'un pour l'autre au risque de faire de la peine à leurs enfants chéris. « Va dire à

Papa », « Maman a dit »,... et quand ils parlent de leur couple, c'est « on » fait ci ou ça. Il leur faut recourir à cette forme singulière impersonnelle, mais jamais au « nous » où s'expriment deux personnes personnalisées et sexuées, comme si le fait d'être parents les avait rendus un informe agrégat, à tête de rechange ou non, dont l'autorité repose sur leur masse jumelle associée à un étrange et inconnu compagnon de leur irresponsabilité. Mais oui, et ce n'est pas étonnant que pour les enfants de 6 à 14 ans leurs parents (« chers parents » dans les lettres pleines de fautes d'orthographe qu'ils écrivent à leur seule mère, lettres qui se terminent par « je t'embrasse »), restent des jumeaux qui, tout au long de leur petite enfance, ont été par eux méconnus dans leur personnalité d'être unique et différent l'un de l'autre. De ses parents pareils, surtout de 10 à 14 ans, on en parle à ses copains, en les nommant « ils », ceux-là qui ne veulent jamais que cet enfant, victime heureuse ou malheureuse, agisse comme il l'entend ; agisse comme ses forces vives le lui soufflent à l'oreille, mais en se sentant coupable, alors que c'est son devoir de prendre ses risques en aidant ses parents à accepter qu'il ne soit plus leur enfant, mais un citoyen, leur égal en responsabilité pour tout ce qui concerne soi-même, choix licites de vie et risques à prendre.

Mais revenons à ces difficultés de lecture, de lecture intelligente et personnalisée. A l'image langagière, c'est-à-dire comportementale et aussi verbale, bien sûr, de leurs parents (et ne croyez pas que c'est mieux quand ceux-ci laissent leurs enfants les appeler par leur prénom, piège qui supprime les différences d'âge et complique chez les enfants prépubères la conscience de l'inceste flottant dans l'air familial) ; à l'image langagière donc, de leurs parents, les enfants restent pour beaucoup des êtres encore impersonnels et inconscients de leur sexe qu'ils confondent avec pipi ou popo. Peuvent-ils apprendre à lire autrement qu'un ordinateur mécanique ou, pour être moderne, électronique ? Bien sûr, certains y arrivent, car « Lili a vu la pipe à Papa », cela ne paraît pas compromettant, et ainsi lire, comme écrire d'ailleurs, est prudentiellement mis à distance de toute expression personnelle de désir éprouvé et réalisé.

Il faut dire aussi que bien des enfants sont de nos jours élevés à la crèche, parce que les mères travaillent et parce qu'il est bon que les bébés aient l'expérience de la société. Malheureusement, à la crèche, toutes les femmes tutélaires, quelles que soient leur odeur, leur voix, leur apparence, doivent être impersonnellement appelées « tati » ; ce qui ne facilite pas pour l'enfant la prise de conscience de son existence personnalisée à lui et à celle de ses petits copains d'âge.

Aussi, qu'ils soient élevés solitaires par leur mère ou plus socialisés à la crèche, les enfants qui arrivent à l'école ne se savent que des « mon poussin », « ma poule », « ma puce », « ma crotte », « mon chou », ou bien des « tais-toi », « mange », « va te coucher », doués de papa et maman ON. Est-ce qu'un enfant neutre ÇA lit ? (salit c'est caca, salir c'est pas bien). Alors, lire n'est-ce pas défendu ?

Tout le monde « psy » ainsi que le monde « péda » sait aujourd'hui qu'un citoyen élève a pour rôle de susciter ses maîtres à une pédagogie spécialisée pour chacun, et qu'il y a tant de savantes méthodes de lecture pour pallier l'obstruction que ces enfants objets mettent à décoder les lettres, que c'est devenu bien casuel pour un objet de langage botanique ou zoologique, sinon purement chose fonctionnelle en famille, d'apprendre à lire à l'école. Et puis, ce verbe, lire, cette injonction « lis ça », n'est-ce pas inconvenant pour l'enfant qui l'entend comme une tâche qui lui incombe, alors qu'il fait référence au meuble conjugal des parents auquel lire, s'il y parvient, semble l'identifier (à eux ? ou à leur lit ?). Ce lieu envié, le lit conjugal, où, de façon mystérieuse et occulte, des petites graines baladeuses se sont rencontrées pour « faire » cet enfant devenu élève d'une maîtresse, mot qui met (pourquoi donc ?) le couple impersonnel des parents en bataille quand, se cachant des enfants, Papa et Maman parlent de celle de Papa. C'est ce lit dont il guette ce qui s'y passe derrière la porte close des parents qui a rendu cet enfant élève à l'école dans la classe préparatoire (à quoi ?), cet enfant seul responsable à ses yeux, aux dires de ses parents, de la mutation d'un homme et d'une femme en papa et maman (père et mère si vous voulez).

Ces parents innocents s'imaginent avoir (ou pas) cet intrépide sujet qui a pourtant décidé seul, avec la permission de son père et la soumission volontaire ou non de sa mère, de prendre vie et de survivre dans le corps sien, de journées en nuitées, vaille que vaille ; et le voilà ici, à l'école, assis pour apprendre à lire et à écrire, et c'est obligatoire. Ajoutons que ce petit mot « lit », lorsqu'il s'agit du sien, n'est pour lui que le souvenir lointain, lorsqu'il était bébé, d'une cage aux barreaux de laquelle il se cognait la nuit, criait, réveillait père et mère pour en être grondé à cause des voisins, et que si par bonheur ce lit-cage a fait place à un sommier et matelas, c'est de-

venu le lieu solitaire lié au dormir en oubliant tout et tout de suite, disaient maman et aussi papa, sinon quelle mauvaise habitude aurait-on pu prendre au lit et à s'y plaire réveillé ?

Quoi qu'il en soit de toutes ces raisons que décortiquent les psychanalystes, la lecture en première personne, celle où le garçon (ou la fille) se permet de penser en liant à ses propres expériences concernant l'éducation celle que ses parents veulent lui donner ou celle qu'il a à donner à ses parents, c'est-à-dire ce qui fait sa vie de chaque jour de 6 à 14 ans, toutes ces raisons font qu'apprendre à lire pour son plaisir défendu est bien difficile de 6 à 14 ans, et bien aride tout livre qui n'est rempli que de petites lettres à décoder. Nombre d'entre eux, donc, passeraient outre à la lecture de ce manuel pourtant destiné à eux pour leur plus grand bien et leur joie, et surtout pour le plus grand bien de leurs parents. C'est pourquoi je souhaite que Jeanne Van den Brouck et son éditeur envisagent avec le plus grand sérieux son édition sous forme de bandes dessinées, faute de quoi la tranche de population qui en tirerait le plus grand enseignement risque de n'en pas profiter à temps, car les parents difficiles, les timides surtout, non seulement ne le liront pas à leurs fœtus et à leurs enfants en bas âge, mais risquent même de le cacher à ceux qui, ayant appris à lire malgré tout, voudraient s'en instruire. Au contraire, si c'est un livre d'images avec du texte dans les bulles, écrites en majuscules d'imprimerie, et des couleurs attrayantes, « on » l'achètera les yeux fermés pour l'enfant, pour l'occuper à l'occasion dans son lit, avant de dormir, ou au réveil, pendant que père et mère auront la paix dans le leur. Du moins espérons-le.

Alors, si de 6 à 14 ans ce livre porte son fruit, la société changera, comme elle le fait quand elle y arrive, sous la pression des jeunes, hélas ! trop inutilement contestataires, sans arriver à plus jusqu'à présent. Cette fois ce sera efficace, en douceur, car ces jeunes sauront à temps éduquer leurs chers parents de chair et, pourquoi pas, par contamination, les autres grandes (par la taille) personnes, leurs substituts parentaux de cœur et d'esprit. S'ils ne parviennent pas à les éduquer, du moins ces personnes leur deviendront moins étranges, avec leurs grands airs d'enfants géants à ménager et comprendre à temps, sans inutiles récriminations. Car, chez les apparentes grandes personnes, il faut aussi l'admettre, il y en a d'inéluctablement inéducables. Par contre, parmi les enfants jeunes, je soutiens qu'il y en a fort peu d'iné-

ducables et encore moins si ce message leur est rendu accessible. Mais, pour cela, il y faut ce moyen et l'on trouverait, pour traduire ce message en images, un enfant artiste de 10 à 70 ans.

Si j'espère ainsi de l'avenir, après la parution de ce livre et sa juste réception par la population de tout âge, c'est que je sais l'intelligence et la générosité qui vibrent au rythme ordonné à la vérité chez tout être humain autorisé à s'y ressentir tel, homme ou femme en devenir, jamais arrêté depuis le sein et au sein de sa mère, si bonne ou méchante, si bête ou maligne, si parlante ou muette, si abandonnée de son homme ou couplée qu'elle soit. Si dans leurs rêveries et les livres, les petits et grands enfants se piègent aux images de parents pauvres ou riches (voir page 88), images que ceux-ci leur inculquent en les trompant, tout message véridique qui suscite le droit à son propre savoir et à sa propre expérience, libère l'enfant de toute dette du plaisir qu'il n'a pas fait à ses parents, ou de la peine qu'il leur a faite et qui le rend coupable, le retenant à eux en lui-même : c'est la névrose, qui bloque son développement. Alors l'adulte, dans sa pleine stature, peut éclore chez tout être humain, car en prenant corps d'être humain, tout garçon et toute fille a pouvoir de s'accomplir, s'il advient à l'amour et à l'espérance, par-delà les expériences difficiles de sa petite et grande enfance.

L'authentique désir associé au vivre sexué éclaire depuis sa conception le sujet d'un savoir inconscient préalable à toute connaissance réflexive. Ce savoir inné, pour qu'il inspire la croissance d'un garçon ou d'une fille jusqu'à sa maturité, impose le dépassement de ces modèles transitoires que sont ses parents ; dépassements souvent douloureux quand les parents difficiles, fragiles ou séducteurs, faussent leur rôle de médiateurs temporaires en inculquant à l'enfant, dès son jeune âge, la culpabilité de se prendre librement en charge au fur et à mesure de son développement, au prix de se dérober à leur tutelle indûment prolongée.

Éduquer ses parents, voilà la tâche qui depuis toujours est celle des enfants bien vivants, mais qui ne leur avait jamais été expliquée. *Cette tâche demande courage et santé morale, ainsi que confiance en soi dans la vie et aussi dans des parents capables de supporter le développement de leur enfant. Cette conscience est toujours plus ou moins faussée dans l'enfance, pour nous tous, par l'illusion que nous avons (et que nous ne pouvons pas ne pas avoir) que nos parents détiennent pour nous le savoir de notre vérité ; alors qu'elle est à découvrir par chacun de nous solitairement au détour de nos expériences, en acceptant la dangereuse liberté, ses risques, sa souffrance inévitable, dont le sentiment de culpabilité à l'égard des parents de notre enfance est l'épine qui, fichée au cœur, arrête la marche des plus vaillants.*

Parmi les parents difficiles que l'auteur a dénombrés dans ce livre et parmi les exemples, les histoires (comme elle dit) qui y sont racontées, il se trouvera sans doute des lecteurs pour refuser, soit par aveuglement, soit par grâce, d'y reconnaître en quelque chose leurs propres parents. Cela peut être aussi parce que, sans rien savoir, ils les avaient tellement bien éduqués qu'il n'y a aucune difficulté résiduelle entre eux ; pas plus que des difficultés avec leurs enfants doués pour les études, sociables et sans problèmes, qui les ont libérés de tous soucis. Ces lecteurs prendront néanmoins grand plaisir à reconnaître bien des gens de leur entourage, et ils seront certainement intéressés, si méfiants qu'ils aient été de la psychanalyse, à cette grille qu'elle donne pour comprendre comment nous les humains, doués de fonction symbolique qui fait de nous des êtres de langage en actes toujours et avant qu'en paroles, nous souffrons les uns par les autres à nous mal ou pas éduquer les uns les autres (et surtout les adultes par les enfants) ; leurrés que nous sommes par la longue impuissance de survivre qui est la nôtre sans les soins maternels ou d'adultes tutélaires, à cause de quoi nous pensons toujours l'éducation dans son sens unique d'adulte à enfant.

Le corps, comme l'auteur le montre, est dans ses désordres ou son ordre, bien avant la parole verbale, dire de vérité dans ses fonctionnements de santé ou de maladie. Ce dire de vérité, quand il est reconnu, se découvre comme secours du taire, du non-dit ou du mentir des parents d'un enfant ; un enfant qui les comprend bien dans leur silence et leurs angoisses, bien avant que ceux-ci, s'ils y arrivent un tant soit peu, et si psychanalystes qu'ils soient, ne pourront le faire jamais. La lucidité silencieuse des petits d'homme est une des découvertes que nous a permis de faire la psychanalyse ; non seulement celle des adultes, qui à travers des souvenirs déformés se souviennent de leur enfance et dans leur corps du legs d'angoisses de leurs parents, mais aussi et surtout la psychanalyse des enfants tout petits, dont le corps, le caractère ou l'esprit en désordre inquiètent leurs parents, sans que le médecin y décèle une cause organique et pour lesquels on recourt maintenant aux psychanalyses précoces.

Dans certains cas les symptômes des enfants expriment la souffrance intolérable d'être laissés dans l'ignorance d'un événement qui les concerne, et dont les parents refusent de leur parler, donnant ainsi sans le savoir à leur enfant qu'ils veulent protéger un statut d'animal domestique, inviable sans désordre langagier pour un être humain. Dans d'autres cas, les symptômes des enfants expriment une souffrance actuelle ou passée du couple, ou d'un des parents et par eux, non seulement non dite, mais le plus souvent cachée ou même oubliée. L'entrée de l'enfant dans ces bizarreries date d'un jour où — précisément — ce souvenir, par certaines circonstances, est remonté en mémoire ou en rêve chez l'adulte qui l'a aussitôt rejeté au fond des oubliettes de ses pensées, mais non sans que l'enfant très jeune, toujours très sensible jusqu'à la télépathie à ceux qui l'entourent, ait ressenti le malaise fugitif de l'adulte, certainement aidé aussi par le lien subtil de vases communicants que le tout jeune enfant établit avec ses familiers.

Si d'aventure parmi les parents difficiles qui sont décrits ici, il se trouve des lecteurs qui n'y reconnaissent pas leurs parents, et qui ne s'y reconnaissent pas eux-mêmes s'ils sont déjà parents, ils conviendront avec moi que tout parent fait partie de la catégorie universelle des parents dont ce manuel ne parle pas ; je veux dire celle des parents difficiles à oublier, et cela quels qu'ils soient, vivants ou disparus, même si nous ne les avons jamais connus. Dans notre vie imaginaire, alors même que dans la réalité rien d'autre que notre propre existence témoigne de la leur, nos parents et des émois les concernant animent toujours sciemment ou non une part de nos pensées. Vous ne me croyez pas ?

Pour vous, Monsieur, est-ce que la cuisine de votre mère n'était pas la meilleure, au nom de quoi aucun petit plat de votre épouse ou de votre dulcinée, si experte culinaire qu'elle s'ingénie à être, ne lui apporte qu'un compliment fait avec réticence : « C'est bon, c'est très bon... mais ça ne vaut pas ce que faisait ma bonne mère ! » ? Encore heureux si le verbe est à l'imparfait. S'il est au présent, pauvre bru !

Pour vous, Madame, à votre tour devenue femme, peut-être même épouse, avec un tantinet de projets de libération de la femme, à moins que vous ne soyez adepte d'un programme complet M.L.F., c'est la compréhension à retardement de cette mère inoubliable, devenue dans vos pensées : la « pauvre » ; ou qui le deviendra, après que dans votre jeunesse vous l'ayez jugée « bien bête », mais ne vous avait-elle pas dit que les hommes sont tous pareils ; votre pauvre mère, elle avait bien raison !

Je ne vous donne que ces deux exemples, et vous le savez bien, à nous tous, nos parents sont difficiles à oublier. Leur souvenir, leur pensée, collent à notre être, surtout si nous les taisons lorsqu'ils reviennent à toutes les occasions où, victimes de l'être que nous aimons, ou des enfants qui demandent à vivre et qui, menteurs, prétendent toujours à leurs parents le contraire, nous nous souvenons de notre mère, nous les femmes : « les enfants sont ingrats, ne donnent que du souci », nous disait-elle ; à nous maintenant de retrouver dans notre mémoire ses paroles et d'y adhérer, et si ce n'est pas encore ce que vous pensez, cela viendra.

C'est parce qu'aucun parent ne se laisse oublier et que, bien souvent, les souvenirs qui nous en reviennent soit par nostalgie, soit par souffrance rétroactive, soutirent en nous l'énergie à faire face aux difficultés ou à jouir des plaisirs de la vie, que tous les hu-

mains et dans toutes les sociétés (l'union fait la force) essayent de s'en déprendre, de ces souvenirs, ou plutôt de se défendre des sentiments de culpabilité qui peuvent y être liés, pour s'en défaire. A l'égard de nos parents les hommes en société ont inventé des fêtes religieuses, démodées de nos jours, je parle de la Fête de nos grands Morts Tutélaires des villages et paroisses des villes, autrefois celle des Dieux et des Déesses, dans lesquels les humains projetaient les parents de leur petite enfance avec leur toute-puissance. Leur comportement était bien peu moral, d'ailleurs. Plus tard, ce sont les fêtes de Saints Inconnus (ma sainte mère en fait donc partie), ou connus, ceux dont les morts familiaux et parentaux ont porté le nom. Et puis la fête de tous les morts, oubliés ou non, insignifiants, indésirables ou forbans. Mais il y a aussi maintenant, bien commerciale et laïque, la Fête des Mères et celle des Pères, scolairement imposées à nos enfants, qu'ils aient ou non des parents difficiles, que ceux-ci soient vivants ou non, unis ou séparés ou même inconnus d'eux. Il les leur faut fêter, gratifier, mignarder, officiellement, le jour dit, qui revient annuellement. Cela à l'âge où ils ont hélas souvent plus à en pâtir dans la réalité qu'à s'en souvenir encore.

Donner son pardon à sa mère, à son père, pour tout ce qu'ils nous font ou ne nous font pas, ou nous font faire ou ne nous font pas faire, pour propitiatoires que soient ces offrandes, vous ne me direz pas que cela suffit ; puisque chacun, peut-être à cause de ce gros encéphale qui emmagasine des images sonores, olfactives, tactiles, motrices, ce gros encéphale de singe manqué, dont le crâne n'a pas eu la sagesse d'arrêter son développement et dont nous sommes affublés, souffre de mémoire toujours reliée à des sentiments d'impuissance ou de culpabilité. Les plus athées des êtres humains, toujours coupables d'être victime ou bourreau en quelque chose, puisque nous ne pouvons pas faire autrement avec nos êtres les plus chers, en appellent au ciel : « que lui ai-je donc fait, pour avoir des ennuis pareils ! ». Bien sûr, ils parlent du ciel des nuages, s'ils sont athées, quand ils n'ont plus au-dessus d'eux, se profilant sur ce ciel, le visage courroucé des parents grandes personnes à qui ils « en ont fait voir », ou desquels ils en ont vu quand, bien vivants, ils leur désobéissaient.

Parmi les malins (dans lesquels je me range) toujours un peu mystiques et magiciens sur les bords, il y en a qui pensent (j'en étais, et c'était consolant) que les gran-

des personnes ayant à gagner le ciel — d'après ce qu'elles disent — les enfants sont chargés, par les épreuves qu'ils leur procurent, de les aiguillonner et ainsi de les promotionner plus rapidement dans l'ordre du mérite laïque, budgétaire, sanitaire, ménager, bref du mérite éducatif, en attente du mérite hagiographique post-mortem.

Et puis, pour encore apprivoiser la culpabilité des enfants que nous sommes tous et que nous avons tous été vis-à-vis des parents difficiles à oublier, il y a, pour ces parents piégés avec bonheur et volontairement dans la conjugalité parentologique et qui sont restés compagnons tout au long de leur vie, il y a ces fêtes laïques et familiales du jour anniversaire de leurs noces, origine temporelle de leurs droits tutélaires conjugués, sur ceux qu'ils ont pris au piège de leurs ébats sexuels. L'anniversaire du mariage de leurs parents, bien peu d'enfants grandis oseraient s'y dérober. On y vient avec ses plus beaux habits, son meilleur sourire, avec un petit cadeau et une conscience dépolluée de toute revendication pour une fois dans l'année. Et puis il y a encore la fête des noces dites de tout matériau, choisi selon sa résistance croissante à la destruction : depuis la paille jusqu'à l'or et au vermeil, au fur et à mesure du vieillissement du couple uni de nos vieux parents. Tout ceci n'est-il pas la preuve qu'il est bien difficile, sinon impossible, d'oublier ses parents. La preuve en est qu'aux marges du dernier sommeil, les mots qui viennent aux lèvres des mourants sont « maman, papa », recours ultime aux premiers médiateurs de la première surprise, celle d'ouvrir les yeux et de respirer dans un espace insolite, entouré de ces visages secourables dont l'évocation monte aux lèvres de celui ou de celle qu'attend la surprise de l'entrée dans l'inconnu de la mort.

Oui, c'est bien vrai, parents que nous avons aimés ou que nous croyons avoir haïs, vous êtes à ce point tissés à notre chair qu'en la quittant c'est en vous nommant que s'exprime l'ultime angoisse, c'est à l'ancrage de notre être à votre souvenir qu'en dernier recours nous quêtons une sécurité qui nous échappe, un viatique pour le grand passage dans l'invisible, l'inouï, l'intangible mystère.

Françoise Dolto

INTRODUCTION

Cet ouvrage est le fruit d'une longue expérience d'enfant. Les auteurs ont pris conscience des problèmes de ces êtres démunis, si souvent incompris, rudoyés, laissés à l'abandon que sont les parents et ils ont été sensibles à toute la détresse que peut éprouver un parent sans défense confronté à des enfants incompréhensifs, brutaux, voire simplement maladroits.

A la suite d'une longue période où toute l'attention, toute la sollicitude étaient centrées sur l'enfant, sur ses problèmes, ses besoins, ses performances, son développement, sa pathologie, on s'est aperçu enfin que si l'état d'enfant pouvait être difficile à vivre, celui de parent ne l'était pas moins.

Si nous parvenons à nous dégager des mythes habituels du pater familias, de la mère toute dévouée ou toute-puissante, etc., le parent nous apparaît comme un être fragile, sensible, brutalement précipité par le hasard d'une naissance dans un orage affectif auquel pratiquement rien ne l'a préparé, sinon ses rêveries préliminaires ou le modeste remue-ménage qu'un fœtus attentionné peut organiser dans le ventre de sa mère pour manifester sa personnalité, bref : il s'agit d'un véritable prématuré.

En effet, il faut se rendre compte qu'un jeune adulte candide et inexpérimenté peut se retrouver parent en quelques heures, voire en quelques instants : c'est ce qu'on appelle le traumatisme de la naissance. Celle qui deviendra la mère est encore un peu favorisée à cet égard. Il lui arrive quelque chose dans son corps, et cette aventure physique sert de médiateur à l'aventure psychique. Mais le futur père n'a pratiquement aucun point de repère : il peut se retrouver père dans le métro, en plein conseil d'administration, dans sa baignoire ou — dans le meilleur des cas — à la clinique d'accouchement, d'un instant à l'autre, sans que rien en lui ne vienne matérialiser ce nouvel état.

Immédiatement après la naissance, la situation d'inégalité est tout aussi flagrante. L'enfant nouveau-né n'a aucune responsabilité. Il est aussitôt pris en charge par une multitude de spécialistes qui ont pour tâche de détecter et de satisfaire ses besoins et ses désirs. Les parents nouveau-nés, eux, ont toutes les responsabilités. Ils sont instantanément submergés par une avalanche de sentiments, d'angoisses, de perplexités, sans parler des problèmes pratiques et matériels qui ne sont pas non plus négligeables.

Ceux qui tiennent à être pour leurs parents des enfants raisonnablement bons, qui désirent les traiter convenablement et leur donner une éducation correcte, devront toujours garder à l'esprit cet état de choses ; il leur faudra des trésors de patience, de l'indulgence, beaucoup de doigté et aussi un certain respect dû à la faiblesse. Car tout dépend de la façon de prendre le parent dans les premières semaines. Si d'emblée on le terrorise par des cris, on dénigre sa cuisine, on punit ses menues erreurs par des diarrhées et des boutons à tout propos, on risque de le traumatiser pour des années. Un enfant averti sera attentif dès le début aux problèmes qui agitent le monde intérieur du parent, il saura faire preuve d'un certain sens psychologique, reconnaître les besoins différents d'un père et d'une mère, évaluer les progrès qu'ils sont susceptibles de faire et le rythme prévisible de ces progrès, trouver le langage que le parent pourra comprendre.

Dans cet ouvrage, nous nous proposons d'apporter aux enfants qui ont pris conscience de ces problèmes quelques éléments d'information et quelques points de repère qui pourront éventuellement leur servir au cours du travail d'éducation laborieux et fort long qui les attend. Car n'oublions pas que si l'éducation d'un enfant prend en moyenne 15 à 18 ans, l'éducation d'un parent peut demander un demi-siècle et parfois même plus.

QUELQUES GÉNÉRALITÉS

Les auteurs de ce livre ont été frappés par la tendance de notre société à survaloriser le rôle des parents dans la conception. Que l'enfant soit désiré ou non désiré, cela est très important, certes, mais il ne faut pas pour autant perdre de vue que le parent, somme toute, n'est qu'un véhicule, rôle tenu ailleurs dans le monde vivant par le vent, l'eau, les papillons ou les insectes. L'essentiel c'est qu'il se trouve un spermatozoïde suffisamment entreprenant et un ovule assez épanoui et réceptif pour accepter de s'unir et de tenter l'aventure ensemble. Nous savons que l'écrasante majorité des cellules germinales s'y refuse absolument et que seule une infime minorité se risque à prendre le départ. Il n'est pas rare non plus qu'un fœtus déjà constitué se panique et perde courage avant d'arriver à maturité. D'autres sautent du train au dernier moment et préfèrent mort-naître plutôt que de s'engager définitivement dans la course. Les ravages que peut exercer dans l'esprit d'un parent inexpérimenté et naïf cette survalorisation de ses états d'âme sont incommensurables.

Si l'enfant veut exercer correctement son rôle d'éducateur, il devra se rendre compte — et le plus tôt sera le mieux — que pendant toute sa vie fœtale les parents vivent une période d'agitation intense sur le plan de leurs émotions où sont impliqués leurs désirs, les différentes personnes qui comptent pour eux d'une façon ou d'une autre, mais en tout cas pas l'enfant, car lui, ils ne le connaissent pas encore. Mais l'idée qu'ils se font de leur futur enfant, la place qu'ils lui préparent, en dépendent. Le nouveau-né devra faire preuve de beaucoup de prudence et de tact lorsqu'il tentera d'intervenir sur ces rêveries intimes, si fondamentales, pour les modifier peu à peu.

Le travail éducatif des premiers mois est capital, mais la suite également est importante et, comme nous l'avons vu, peut se prolonger sur plusieurs décennies.

Peu à peu, avec l'aide de sa sensibilité et de la connaissance qu'il a de lui-même, l'enfant amène ses parents à accepter d'abord son existence, puis sa personnalité, enfin son autonomie physique, intellectuelle, affective. Certains enfants procèdent de façon moins souple, par épreuves de force et ruptures : sans doute leur caractère et les circonstances ne leur laissent-ils pas d'autre choix. Mais cette démarche entraîne beaucoup de souffrance pour les uns comme pour les autres. Nous souhaitons que notre ouvrage contribue à permettre que de telles situations soient évitées autant que possible.

Mais même dans le meilleur des cas, le développement d'un parent ne se fait pas sans peine ni accrocs. A chaque étape correspond toute une pathologie qu'un enfant conscient de ses responsabilités devrait s'efforcer de connaître. C'est la condition première de toute prophylaxie.

Il n'est pas facile de proposer un classement valable pour les différentes catégories de parents difficiles.

On pourrait imaginer un classement selon la chronologie. Il est bien évident que les difficultés rencontrées par un fœtus ou un nouveau-né ne seront pas les mêmes que celles qu'aura à résoudre un enfant de 5, 10, 25 ou 50 ans. De même, les moyens mis en œuvre pour les traiter varieront selon l'âge de l'enfant, mais aussi selon l'âge du parent.

Le classement étiologique nous paraît impraticable. Un syndrome peut avoir des origines très diverses et il est souvent impossible pour l'enfant de reconstruire le développement de la situation qu'il trouve à sa naissance. En général le parent se confie peu, et dans la mesure où il s'exprime quand même c'est souvent dans un langage inintelligible pour un nourrisson ou un jeune enfant. Par ailleurs, il n'a pas toujours conscience de ce qui lui est vraiment arrivé et de toute façon, sa mémoire a tant et si bien remanié les événements que les récits qu'en fait le parent parlent plutôt du présent que du passé. Bref, la seule possibilité qui s'offre à l'enfant, c'est de prendre la situation comme elle se présente au moment de son arrivée et de déclencher une remise en cause du parent à partir des éléments dont il dispose. Ce sera au parent lui-même d'accomplir le travail de remontée aux origines. Lui manifester la confiance qu'il en est capable nous paraît déjà pédagogique en soi.

Le classement le plus parlant, quoiqu'un peu superficiel, est peut-être le classement symptomatique. C'est donc celui que nous adopterons. Nous soumettrons à votre réflexion une série de catégories symptomatiques, en développant celles que nous sommes en mesure d'illustrer par des exemples cliniques. Citons tout de suite quelques-unes de ces catégories pour donner une idée de l'énorme variété de notre champ d'études :

— le parent immature,
— le parent menteur,
— le parent timide,
— le parent riche (ou pauvre),
— le parent surdoué,
— le parent absent,
— le parent surmené,
— le parent jaloux,
— le parent délinquant,
— le parent brouillon,
— le parent sadique,
— le parent déçu par la vie,
— le parent martyr,
— le parent narcissique,
— le parent inadapté,
— le parent débile,
— le parent surprotecteur,
— le parent âgé,
— le parent adopté,
— etc...

*
* *

Le parent non désirant

C'est un des problèmes les plus embarrassants et en même temps les plus fréquents qui se présentent à un fœtus.

Tout d'abord, ce non-désir est presque toujours, sinon toujours, très ambivalent et très difficile à évaluer. Bien souvent, l'un des parents désire une chose et l'autre parent en désire une autre. Interviennent alors l'immense variété de leurs sentiments réciproques et des conséquences affectives et pratiques qui en découlent, pour compliquer encore la situation. La complexité est également considérable au niveau du non-désir de chacun des parents. Pour en donner une faible idée, nous citerons quelques-uns parmi tous les facteurs qui entrent en jeu : relations de chacun des parents avec son propre père et sa propre mère, avec ses ascendants, ainsi que l'idée qu'il s'en fait, les traditions familiales, les interdits religieux ou politico-sociaux, ou les contraintes exercées par ces instances, la situation économique, la perception que le parent a de son corps et ses diverses craintes relatives à celui-ci et, naturellement, les résonances intérieures de tous ces facteurs et de bien d'autres encore que nous ne pouvons tous citer ici. Les craintes, les culpabilités, les rancunes du parent, ses attachements et ses fidélités, tout cela entre dans la composition de ce que le fœtus perçoit finalement comme un non-désir.

Quelles que soient la confusion et l'incertitude de la situation, le fœtus est bien obligé de prendre un parti. Il arrive que l'entreprise lui paraisse désespérée : parent inéducable, situation bloquée, ou encore que le fœtus lui-même ne se sente pas de taille ou d'humeur à se lancer dans une tâche qui promet plus de difficultés que de satisfactions. Le mieux qu'il puisse faire dans ce cas c'est d'abandonner la partie au plus vite et de quitter les lieux.

Dans son autobiographie, un fœtus avorté au quatrième mois nous rapporte l'histoire suivante : une femme, ayant dépassé la trentaine, concrétise son non-désir à l'égard du fœtus qui l'habite en faisant de longues courses en bicyclette et en transportant des cabas à marché lourdement chargés. Peu à peu, le fœtus se rend compte que la place du futur enfant est entièrement occupée par le mari de cette dame qui tient à rester le seul enfant du ménage malgré cette timide tentative qu'il vient de faire pour se dépasser et accéder à la paternité. Au bout de quatre mois d'hésitation, le fœtus décide finalement de ne pas brusquer cet enfant de 38 ans, manifestement empêtré dans ses propres problèmes, ni cette femme qui paraît débordée par la perspective d'un deuxième enfant dans la maison, et il se retire.

D'autres fœtus se sentent suffisamment forts et indépendants pour s'accrocher même dans une atmosphère de non-désir massif, quitte à faire confiance à leur talent d'éducateur une fois venus au monde, ou à leur capacité de subsister tant bien que mal jusqu'au moment où ils seront en mesure de prendre leurs distances avec des parents inutilisables.

Leur optimisme est parfois payant. On nous a rapporté une histoire particulièrement dramatique qui vient de se dérouler dans une cité de la banlieue bordelaise. Dans un couple, où l'homme prétendait refuser l'idée même d'avoir un enfant, la femme se trouva enceinte... Pendant les neuf mois que dura la grossesse, elle nia l'évidence, expliquant son état par divers désordres de l'appareil digestif. Quant au mari, il « ne se doutait de rien ». Le fœtus fut très impressionné par la contradiction qui existait entre la dénégation obstinée des parents et le milieu nourricier et protecteur satisfaisant qui lui était offert, plus perplexe qu'il n'aurait été devant un refus homogène. Aussi décida-t-il finalement de tenter l'aventure. Il prit son temps, amassa des forces en utilisant jusqu'au bout les neuf mois classiquement prévus pour la grossesse. Puis vint la nuit qu'il avait choisie pour naître. Dès qu'il eut commencé les manœuvres préliminaires, la femme se leva en silence, sans réveiller son mari, s'en fut à la cuisine, accoucha sur un chiffon, coupa et lia soigneusement le cordon ombilical, puis alla jeter l'enfant dans le vide-ordures du deuxième étage. Après avoir effacé toute trace de ce qui venait de se passer, elle alla se recoucher tranquillement auprès de son mari. Quant à l'enfant, il atterrit sain et sauf sur un lit d'épluchures et, après avoir pris quelque repos, se mit à appeler. L'attente fut longue et inconfortable. Arrosé de marc de café et de restes de légumes, il dut patienter près de cinq heures avant que le concierge de l'immeuble ne l'entende. Mais il était toujours fermement décidé à vivre. Le concierge finit par le récupérer et Police Secours le transporta à l'hôpital. Grâce à l'excellente constitution dont il s'était doté, il surmonta une infection pulmonaire grave et attendit les événements. Quelques jours plus tard, il vit apparaître ses parents, que la police avait facilement identifiés, et qui venaient le réclamer comme si de rien n'était. La mère interrogea timidement le père : « Est-ce qu'il te plaît ? » Le père répondit : « Oui, il me plaît beaucoup et je veux bien l'avoir. » Les infirmières essayèrent d'encourager la mère : « Vous pouvez le prendre dans les bras ! » La mère, immobile, regarda le père : « Non, prends-le toi d'abord, alors demain je pourrai le prendre moi aussi. »

Bien sûr, étant donné l'épisode du vide-ordures, toute une nuée de médecins, psychiatres, psychologues, assistantes sociales, policiers, juges ont envahi la scène, et l'éducation proprement dite ne pourra commencer que si les parents sont finalement rendus à l'enfant. Quoi qu'il en soit, l'enfant a estimé que cette partie pouvait être jouée : ayant amené ses parents à passer outre leur dénégation et leur refus, tous les espoirs lui paraissaient permis.

*
* *

Il y a des parents qui paraissent tout à fait inéducables. Cela ne veut pas dire nécessairement qu'ils soient « mauvais », mais ils donnent à l'enfant l'impression d'être comme ils sont une fois pour toutes, sans que rien ne puisse jamais les faire changer.

Dans certains cas, cette rigidité n'est qu'apparente. Si l'enfant ne peut pas faire changer le parent, au moins peut-il le rassurer sur son propre compte : il peut lui montrer qu'il vaut mieux qu'il ne le pensait et c'est déjà un élément nouveau dans la situation qui ne peut rester entièrement sans effet. Mais là encore, il s'agit d'un travail qui est toujours très long et très difficile, car il s'agit généralement de traumatismes anciens, souvent de traumatismes familiaux que le parent lui-même a hérités de ses ascendants et n'a pu résoudre.

Pour illustrer cette situation, nous vous proposons l'histoire d'un petit garçon dont les deux parents ont été durement confrontés à la mort. La mère, cadette d'une famille où plusieurs enfants étaient morts en bas âge (des garçons), avait passé les années cruciales de son adolescence à soigner son père atteint d'une maladie mortelle. Le père était resté orphelin très jeune. Il s'était marié une première fois avec une jeune femme gravement malade, qui mourut peu après avoir donné naissance à un petit garçon. Il ne serait pas étonnant que dans ces circonstances, ce père ait éprouvé une certaine culpabilité à l'égard de sa femme qui, aux épreuves de la maladie, a dû ajouter la fatigue d'une grossesse. Culpabilité aussi, sans doute, à l'égard de l'enfant, resté orphelin de sa mère à 18 mois. Resté veuf, ce père épousa donc une deuxième jeune femme, elle aussi de santé fragile. Le premier enfant de ce couple, une fille, s'esquiva dès le sixième mois de la grossesse, jugeant la situation totalement inextricable. Nous pensons d'ailleurs que par sa défection elle l'a rendue plus inextricable encore. Deux ans plus tard, un second enfant s'annonça : un garçon. Plus brave que la première, il releva le défi et naquit. L'accueil fut rude. Accouché par une mère quelque peu incompétente, il dut être extrait de force. Dès les premières heures de sa vie une sœur-infirmière inexpérimentée, débile ou mue par des pulsions meurtrières mal maîtrisées le mit au sein de sa mère à peine réveillée d'une anesthésie au chloroforme. Conséquences immédiates : empoisonnement, convulsions, qui faillirent mettre un terme prématuré à l'expérience. Mais l'enfant était têtu, tenace, stimulé plutôt que découragé par la difficulté : il survécut. Pendant 11 ans, ce fut un petit garçon maladif, fragile, affichant ostensiblement qu'il était disposé à mourir à tout moment si cela s'avérait nécessaire. Mais ce n'était qu'une mesure conservatoire : la situation n'évoluait guère et les deux parents vivaient dans une angoisse quasi permanente. Périodiquement la famille était convoquée d'urgence pour assister aux derniers moments de l'enfant ; mais celui-ci se ravisait toujours, in extremis, convaincu qu'il finirait par trouver le moyen d'entamer la coque d'angoisse et de culpabilité qui les emprisonnait tous. Parvenu tant bien que mal à l'âge de 11 ans, le garçon décida enfin de prendre en main lui-même l'élaboration d'un projet thérapeutique avec le médecin de la famille. A l'insu des parents, trop angoissés pour accepter ou refuser, il donna son accord au médecin qui proposait de créer un abcès de fixation — à l'époque les sulfamides et les antibiotiques n'existaient pas encore — pour mettre fin aux interminables infections latentes dont l'enfant souffrait depuis la naissance. Au bout de six mois, un jour à l'école, l'enfant se trouva paralysé soudain d'une jambe. Le médecin l'avait averti : il sut aussitôt que l'abcès était formé. Il se fit ramener à la maison et rassura les parents affolés en leur expliquant ce qui s'était passé. L'abcès fut incisé et, avec lui, la poche d'angoisse, de culpabilité et d'ambivalence qui empoisonnait la vie de la famille. Le garçon put guérir et devenir un jeune homme solide, actif et bien portant. Ce faisant, il a introduit un élément nouveau et extrêmement important dans le monde intérieur de ses parents : il leur a montré que, contrairement à ce qu'ils pouvaient croire, ils n'étaient pas des assassins, et que quelque chose de bon et de viable pouvait sortir d'eux. Nous pensons que cet enseignement capital a modifié le destin de toute la lignée et méritait bien que cet enfant y consacre tant d'années de sa vie.

*
* *

Le parent-qui-veut-que-son-enfant-fasse...

C'est une catégorie extrêmement riche et polymorphe. Citons pour mémoire :

— Le parent-qui-veut-que-son-enfant-fasse-la-même-chose-que-lui ;

— Le parent-qui-ne-veut-surtout-pas-que-son-enfant-fasse-la-même-chose-que-lui ;

— Le parent-qui-veut-que-son-enfant-fasse-ce-qu'il-aurait-voulu-faire-lui-même ;

— Le parent-qui-ne-veut-pas-que-son-enfant-fasse-ce-que-lui-même-n'a-pas-pu-faire ;

— Le parent-qui-veut-que-son-enfant-fasse (ou ne-fasse-pas)-telle-ou-telle-chose-précise ;

— etc... etc...

Les variantes sont infinies. Les motivations aussi. Mais il y a un problème bien particulier que l'enfant devra affronter et résoudre dans tous les cas : il s'agit du désir impérialiste de mainmise sur son avenir, que les motivations soient mesquines ou, au contraire, affectueuses et tendres.

En général, ces situations déclenchent tout d'abord chez l'enfant un mouvement d'irritation et de refus. Il est indispensable qu'il en prenne conscience, sinon il risque de commettre les pires erreurs pédagogiques et d'enferrer le parent dans son attitude d'entêtement plutôt que de l'aider à en sortir. Par ailleurs, son irritation peut l'amener à agir en contradiction avec ses propres désirs et à causer ainsi beaucoup de souffrance autant à lui-même qu'à son entourage.

Mais il ne faut surtout pas croire que nous conseillons la résignation et la passivité. Cela ne serait ni raisonnable, ni pédagogique. Or, il importe de ne jamais perdre de vue la visée éducative.

Comme nous venons de le dire, les motivations sont très diverses. Prenons le cas si répandu du parent qui a créé une affaire, monté un atelier, ou éventuellement fondé un empire. Il-veut-que-son-enfant-fasse-la-même-chose-que-lui, ce qui, dans son esprit, équivaut à partager avec lui les joies de la création. Il oublie simplement que la création, c'est lui qui l'a faite, et qu'il ne reste plus à l'enfant qu'à faire marcher l'affaire, travailler dans l'atelier ou gouverner l'empire, en essayant de ne pas trop abîmer la création du parent. Il faut peu à peu amener le parent à prendre conscience de cette évidence, en veillant à ne blesser ni ses sentiments affectueux, ni son amour-propre de créateur. Là encore il s'agit d'une tâche qui demande beaucoup de tact et de temps et qui, par ailleurs, n'est pas à la portée d'un nourrisson ou d'un enfant en bas âge. Sans parler du fœtus qui dès avant sa conception est voué à tel ou tel destin. Seul un enfant déjà relativement évolué, disons entre 15 et 50 ans, a quelques chances de la mener à bien. En attendant, il faut donc gagner du temps. Nous étudierons plus loin quelques méthodes éprouvées pour gagner du temps.

Ne croyez pas que ce travail ne comporte aucun risque. Tout le monde connaît l'histoire d'un certain tzarévitch qui a raté sa pédagogie et s'est fait assassiner par son père. Il est impossible de prévoir ce qui peut germer dans la tête d'un parent obtus, déçu et exaspéré et tout projet pédagogique doit tenir compte de la capacité de résistance du parent auquel il s'adresse.

Voyons plus en détail le cas du parent-qui-veut-que-son-enfant-fasse-ce-que-lui-même-n'a-pas-pu-faire. A la base, il y a presque toujours un bon sentiment. Le parent veut que son enfant vive ce qui pour lui aurait été le rêve. C'est aussi touchant que naïf ; confronté à une telle situation, l'enfant doit arriver à ménager tout à la fois la sensibilité du parent et son propre avenir.

Nous citerons le cas d'une famille d'enseignants d'un modèle très classique qu'un virus artistique habitait depuis plusieurs générations. Les uns s'essayèrent à la peinture, la photo, le théâtre, les autres à la poésie, au roman, sans jamais dépasser un niveau d'amateurs. Deux garçons naissent. Pour la plus grande joie des parents, l'aîné montre des dispositions remarquables pour la musique, le cadet dessine avec talent. Dès lors, les deux enfants subissent un assaut aussi pressant qu'indiscret de la part des parents pour les inciter à cultiver et à développer leur talent. Cernés, assiégés par l'insistance des parents, les enfants sont obligés de s'enkyster pour se protéger. L'aîné fait un épisode paraplégique qui le cloue dans un fauteuil roulant pour plus de six mois. Cette paralysie reste inexpliquée, et finalement disparaît spontanément. Mais cet épisode permet au garçon de se soustraire à toute espèce d'apprentissage musical, et à sa guérison il se recycle dans des études purement intellectuelles. Dès lors, il devient un élève brillant et un fils modèle : il ne donne aucun souci à ses parents, bref, il les abandonne à leur sort et renonce à tout projet éducatif. Aujourd'hui, c'est un expert financier surmené qui fonctionne plutôt qu'il ne vit. Le seul indice par lequel il manifeste encore quelque chose de ses intérêts primitifs, c'est son adresse : il habite rue Gounod...

Le cadet, pédagogue plus ambitieux, s'offre une longue retraite d'allure schizoïde, émaillée d'échecs et de ratages en tous genres, sentimentaux et scolaires — mais sans jamais quitter le domaine des arts graphiques. Il maintient ses parents dans une inquiétude permanente, les oblige à se remettre sans cesse en cause. Au bout d'une quinzaine d'années de ce régime éprouvant, il prend une décision soudaine, met un océan entre ses parents et lui et fait une carrière fulgurante à l'étranger... toujours dans le domaine des arts graphiques. Puis l'un des parents meurt. Les contacts avec le parent survivant sont sporadiques, amicaux, pas très profonds. Mais le parent est capable de tenir le coup par lui-même, sans devoir se nourrir du talent de son fils.

*

* *

Permettez-nous de faire ici une courte digression à propos du terme de « pédagogie ». Par construction, ce terme est impropre à l'usage que nous en faisons. Mais il n'existe pas dans le dictionnaire de mot pour désigner avec précision la science de l'éducation des parents, tant est étrangère à notre culture pédocentrée l'idée même que les parents puissent prétendre bénéficier d'une éducation conçue spécialement pour eux. Bien que les auteurs de cet ouvrage soient déjà des vétérans de l'enfance, leur connaissance du grec et du latin est insuffisante pour leur permettre de créer un terme savant approprié, centré sur le parent, et aussi agréable à l'oreille que « pédagogie ». Peut-être se trouvera-t-il parmi nos lecteurs un gréco-latiniste inventif pour nous en fournir un. En attendant, nous continuerons à nous servir du terme de pédagogie.

*

* *

Dans l'exemple précédent, nous avons parlé d'enkystement pour caractériser la méthode utilisée par les deux frères face aux entreprises de leurs parents. Comme nous l'avons vu, c'est une méthode coûteuse et dont la maîtrise peut échapper totalement à l'usager. Par ailleurs, sa valeur éducative est très inégale.

Il existe une version plus atténuée de l'enkystement, plus maniable aussi, et peut-être plus efficace sur le plan pédagogique. C'est **la méthode du déguisement.** Le déguisement permet de gagner du temps, tout en projetant devant les yeux du parent une caricature impressionnante des effets produits par son attitude.

La variété des déguisements possibles est infinie. Nous n'en citerons que quelques-uns.

— Le déguisement en débile mental

La méthode peut servir à tout âge. Tel jeune garçon, un premier-né tard venu et intensément désiré, n'a parlé qu'à 4 ans : il ne voulait manifester son intelligence à ses parents — tous deux universitaires surdoués — que lorsqu'ils seraient bien habitués à la joie d'avoir enfin un enfant. Aujourd'hui, ce garçon est ingénieur des Ponts et Chaussées. D'ailleurs Einstein lui-même n'a parlé qu'à 3 ans : chacun sait ce qu'il en est advenu par la suite. Il devait bien savoir ce qu'il faisait en choisissant de se taire.

Tel autre jeune garçon, confronté aux ambitions démesurées d'un de ses parents, a fignolé ses échecs scolaires jusqu'à en faire une véritable œuvre d'art ; aucun diplôme, aussi primaire fût-il, n'est venu ternir son dossier scolaire : ni certificat d'études, ni B.E.P.C., ni la moindre fraction du baccalauréat. Son parent, qui l'avait déjà imaginé élève de Polytechnique ou de Centrale, abandonna peu à peu toute ambition le concernant. Un peu impressionné tout de même par sa propre performance, le garçon alla consulter un psychologue à l'insu de ses parents et demanda à passer un test de niveau. Il obtint un quotient de 146. Rassuré, il décida alors de quitter le domicile de ses parents et de subvenir lui-même à ses besoins. Il trouva d'abord du travail dans une petite imprimerie, puis créa sa propre affaire et y réussit remarquablement. Son parent put alors reconnaître la valeur de son fils même s'il devait la mesurer avec d'autres critères que ceux qui lui étaient habituels ; il lui rendit son estime, et l'atmosphère entre eux se détendit, permettant aux parents de consacrer dès lors toute leur énergie à suivre l'enseignement beaucoup plus rude que leur dispensait leur fils cadet.

— En punk

Nous vous citerons ici un exemple historique. A l'époque où il était dauphin, le futur roi Henry V d'Angleterre s'était déguisé en punk, pour amener son père à réviser ses positions sur la royauté en général et son caractère héréditaire en particulier. Il n'obtint pas de progrès spectaculaires de la part de son père, il est vrai, mais il parvint à préserver sa personnalité et, le moment venu, il devint, du jour au lendemain, un roi tout à fait acceptable.

— En cascadeur

Un petit garçon percevait des souhaits de mort intenses de sa mère à son égard. Pour l'amener à en prendre conscience, il la confrontait sans cesse à des quasi-accomplissements de son souhait latent. A huit mois, il faillit mourir d'une toxicose. Entre 3 et 7 ans, il se fit plusieurs fractures, toujours dans des conditions acrobatiques délibérément organisées par lui-même : vers 6 ans, il se fractura une jambe en escaladant un mur de cinq mètres pour se laisser tomber de l'autre côté dans une cour cimentée ; il fit plusieurs chutes de bicyclette, notamment en descendant un escalier en vélo (fracture de la clavicule). Il manqua se noyer à la piscine en sautant d'un tremplin de 4 mètres sans savoir nager. La situation se dénoua enfin dans une véritable tempête généralisée : la mère exaspérée traîna son enfant chez le psychologue, puis devint la maîtresse de celui-ci et quitta son mari. Le jeune garçon put enfin approfondir ses relations avec son père, complètement court-circuité jusqu'alors et, aux dernières nouvelles, a pu reprendre une vie normale et commencer à s'occuper de lui-même.

— En affreux Jojo

Le principe de cette technique consiste à tenir le parent en haleine. Appelé sans cesse à faire face à des situations imprévues car effectivement imprévisibles, le parent se trouve peu à peu réduit à ne plus éprouver qu'un seul désir : avoir la paix. Il abandonne du même coup toute visée impérialiste sur l'avenir de son enfant. Inutile de donner des exemples, cette technique est si largement répandue que nous pensons pouvoir faire confiance à l'ingéniosité de nos lecteurs.

— En emmerdeur

Dans l'exemple ci-après, le terme est à prendre au sens propre... si l'on peut dire. Un petit garçon bien portant, intelligent et solide, commet l'imprudence de venir au monde dans une famille qui comprend déjà une mère débile, mythomane et incompétente, un père alcoolique invétéré en fin de cirrhose et une sœur aînée épileptique et mutique. Dès qu'il réalise le désastre, l'enfant n'a plus qu'une seule idée en tête : déménager au plus vite et aux moindres frais. Pour y arriver, il choisit une arme à sa portée : il défèque dans tous les coins de l'appartement puis exécute d'intéressantes peintures murales avec la matière ainsi obtenue. Il signifie ainsi clairement à ses parents qu'ils vivent dans un beau merdier. Cette activité lui procure également la possibilité de faire quelques échappées à l'hôpital de son quartier, s'y reposer quelque peu et montrer par la même occasion que son appréciation défavorable concerne exclusivement le foyer parental. Peu à peu l'enfant parvient à mobiliser un nombre suffisant d'assistantes sociales, médecins, aides familiales, psychologues, et autres travailleurs spécialisés pour qu'ils finissent par comprendre que, dans ce cas, la seule issue c'est le placement.

*
* *

Le parent menteur

Le mensonge chez le parent est si fréquent et si répandu qu'on peut à peine y voir une manifestation pathologique. Le parent ment quasi instinctivement, souvent sans même s'en rendre compte, et généralement sans en éprouver la moindre culpabilité. Il ment aussi bien à propos de futilités qu'à propos des sujets les plus graves. Nous serions même tentés de dire que lorsqu'il s'agit de sujets vraiment importants, il ment quasi systématiquement. Cela va de la simple fabulation ludique jusqu'à la volonté délibérée d'induire l'enfant en erreur, soit pour cacher une faute, soit pour se soustraire à une réalité trop lourde.

Le parent peut se sentir poussé à fabuler pour toutes sortes de raisons, parfois assez innocentes, telles que : améliorer son standing aux yeux de son enfant, se consoler de la perte des illusions qu'il s'était faites sur son propre compte, embellir par l'imagination un monde réel dont il n'est pas assez mûr pour apprécier les charmes, etc. Nous pensons que ces mensonges ne sont pas très graves, que le parent lui-même n'en est pas vraiment dupe et que, généralement, il vaut mieux dans ces cas éviter de le confondre ou de le réprimander. Nous considérons par exemple comme une erreur pédagogique l'attitude de ces deux petites filles que leur père avait l'habitude d'éblouir et de stimuler par le récit de ses propres succès scolaires. Un peu irritées à la longue, elles entreprirent des recherches et finirent par découvrir un jour les vieux carnets scolaires du père, sensiblement moins brillants que ses récits n'auraient pu le faire croire. Elles s'empressèrent avec un malin plaisir de publier les appréciations peu flatteuses que certains professeurs y avaient inscrites. Bien sûr, elles eurent gain de cause, le parent confondu n'émit plus jamais aucune prétention à se faire admirer pour ses performances scolaires. Mais le geste de ces fillettes nous paraît d'autant plus maladroit qu'il s'agissait en fait d'un père adopté, qui les adorait autant que leur mère, et qui avait besoin de faire flèche de tout bois pour tenter de consolider une autorité chancelante.

D'autres parents inventent des petits contes, parfois assez poétiques, à propos de père Noël, de saint Nicolas, de petites souris collectionneuses de dents de lait et autres personnages imaginaires. C'est charmant, sans malice et généralement tout le monde y trouve son plaisir. Par contre, nous considérons avec beaucoup moins d'indulgence les parents qui mentent parce qu'ils n'ont pas le courage de leurs opinions et qui chargent le père Noël ou d'autres personnages imaginaires de récompenser ou de punir à leur place. Un enfant soucieux de donner une solide structure psychique à son parent ne peut pas laisser passer ce genre de dérobade.

Certains mensonges équivalent à de véritables falsifications introduites dans l'histoire de la famille, soit pour cacher ce que le parent considère comme une faiblesse ou une faute, soit pour embellir une réalité banale. Dans certains cas, il s'agit même d'une tentative désespérée de réparer une falsification antérieure dont le parent lui-même a été victime, par une nouvelle falsification, naïvement destinée à réparer les effets de la première. Ces mensonges sont motivés par l'espoir fallacieux qu'il suffit de remanier le récit des événements pour en conjurer les conséquences. Nous pensons que, dans ces cas, l'enfant doit se montrer affectueux, mais ferme. En aucun cas, il ne peut permettre — s'il a le moyen de l'empêcher — que l'on introduise une rupture dans la logique de l'histoire familiale. Il ne peut oublier qu'il est responsable devant toute une lignée. Citons par exemple le cas si fréquent du parent adopté qui voudrait dissimuler ce qu'il ressent comme une tare. Si l'enfant ne lui vient pas en aide, toutes les relations du parent en seront faussées, et cette tricherie retentira même sur les générations à venir.

*
* *

Comme nous l'avons dit, le parent ment d'autant plus volontiers que le sujet abordé est plus important. Il ment presque toujours quand il parle d'argent, de politique, de religion, et il ment régulièrement quand il est question de sexe, ou d'anatomie et de physiologie en général. Et quand d'aventure il dit la vérité, ce n'est généralement pas par respect de la vérité, mais uniquement par politique.

Quand l'enfant juge qu'il est indispensable d'intervenir pour assainir l'atmosphère familiale, il doit cependant procéder avec beaucoup de délicatesse. Il ne faut jamais révéler au parent que ce qu'il est prêt à entendre, et pour déterminer le moment et la manière d'une intervention, il est recommandé de se laisser guider par la curiosité spontanée que manifeste le parent. En ce qui concerne par exemple le sujet si passionnant de la manière dont on fait les enfants, si les théories sexuelles des enfants sont parfois incomplètes ou imprécises, celles des parents sont souvent consternantes de naïveté. Il arrive en effet qu'un enfant, insuffisamment documenté, confonde le tractus digestif avec le tractus génital. Mais le parent va jusqu'à imaginer l'existence de magasins où l'on achèterait les enfants, ou de choux et de roses qui en contiendraient, ou même de cigognes qui les apporteraient par la cheminée. Quant aux parents qui savent et admettent que l'enfant se trouve dans le corps de sa mère, ils proposent pour expliquer l'entrée et la sortie des théories qui relèvent de la plus haute fantaisie.

Nous vous rapporterons ici une histoire presque trop belle pour être vraie. Mais comment pourrions-nous mentir dans un tel ouvrage et surtout dans ce chapitre ? Cette histoire donc, comme toutes les autres citées dans ce travail, est rigoureusement authentique.

Un petit garçon de 7 ans est conduit par sa mère chez le psychothérapeute, pour un trouble insignifiant. Au cours de l'anamnèse, le thérapeute, un débutant naïf et consciencieux, demande à la mère si l'enfant a déjà reçu une quelconque information sexuelle. « Je lui ai tout expliqué » répond catégoriquement la mère. Le thérapeute, novice certes, mais déjà méfiant, insiste : « Tout, c'est quoi, exactement ? » La mère : « Eh bien, je lui ai expliqué que l'enfant était dans le cœur de la maman. » Le thérapeute : « Mais comment fait-il pour en sortir ? » La mère : « On va à l'hôpital, le docteur ouvre le cœur et il retire le bébé. » Le thérapeute : « Mais comment le bébé fait-il pour entrer dans le cœur de la maman ? » La mère : « C'est le petit Jésus qui l'a mis là. Et puis, vous savez, les enfants ont vraiment de drôles d'idées, alors le petit m'a demandé : et Papa, il n'était pas fâché ? »

Apparemment, cette mère n'a rien compris et n'a pas su saisir la perche monumentale que lui tendait son fils, pour la sortir du magma de mensonges où elle s'était empêtrée. Mais nous pensons que cet enfant a eu raison d'agir avec de la douceur, du tact, et même de l'humour ; il a suggéré, sans appuyer, qu'il n'était pas dupe, tout en veillant à ne pas dépasser le seuil de tolérance de sa mère. Ses paroles, même si elles n'ont pas été immédiatement entendues, devaient faire leur chemin petit à petit.

*
* *

Nous disions donc que les mensonges de parents étaient souvent motivés par les meilleurs sentiments et une réelle bonne volonté. Ils essaient d'embellir l'image du monde qu'ils présentent à leur enfant en fonction de leurs propres idéaux primitifs. Dans leur univers de contes de fées, la maturation solitaire d'un bébé dans un chou ou le voyage périlleux dans les airs sous la responsabilité d'une cigogne nullement formée à cette tâche leur apparaît comme une image beaucoup plus séduisante et rassurante que la rencontre physique et affective d'un homme et d'une femme avec toute la passion, le plaisir, la tendresse et le reste que cela comporte.

Le parent ne connaît pas le poids de la vérité. C'est ainsi qu'il est parfois amené à dire la vérité uniquement parce qu'il estime que c'est de bonne politique. Une petite fille a essayé de sensibiliser ses parents à l'idée du respect fondamental dû à la vérité en ayant recours à un moyen particulièrement spirituel. Ses parents, tous deux psychanalystes possédant une solide formation scientifique, ont décidé de tout expliquer à leur fille sur la conception, la gestation, la naissance, dès qu'une occasion se présenterait. Vers l'âge de 5 ans, la fillette eut donc droit à un cours intelligent, clair et bien fait sur la question. Du moins les parents en étaient-ils convaincus. Un peu troublée par le décalage affectif qu'elle perçut dans ce récit, la petite fille décida de mettre toute l'affaire de côté jusqu'à plus ample information. Un jour, en rentrant de l'école, elle fit venir ses parents pour les tancer vertement d'avoir cru bon de lui raconter toute une salade à propos de petites graines et de positions corporelles farfelues alors que la maîtresse venait de lui expliquer le processus dans toute sa simplicité : un chou dans un jardin qu'il suffit d'ouvrir au bon moment...

*
* *

Pour conclure, citons un dicton bien connu : « La vérité sort de la bouche des enfants. » Cela montre bien tout l'espoir que les parents mettent en l'enfant pour les aider à émerger de leur univers de fantasmes, de contes et de mensonges et à reprendre contact avec la terre ferme de la réalité. Il ne faut pas les décevoir.

*
* *

Le parent adopté

Le parent adopté est toujours un parent difficile car il a vécu, ou peut-être vit encore, une situation traumatique.

Certains parents deviennent inhabitables, ou bien leurs possibilités d'accueil sont gravement compromises, soit par suite d'un accident ou d'une maladie, soit à cause d'un non-désir tellement tortueux qu'eux-mêmes sont incapables de l'identifier. Ils en éprouvent souvent un sentiment très douloureux de dépréciation et d'abandon. Certains d'entre eux réagissent en cherchant à se faire adopter.

L'enfant qui se dispose à adopter un parent doit bien garder à l'esprit qu'il va prendre en charge un être anxieux et insécurisé par son inaptitude à être parent, qui soupçonne ses propres cellules germinales — parfois à tort — d'être timorées, incompétentes ou même résolument misanthropes. En fait, il a bien plus besoin d'un traitement que d'éducation. Il faut le guérir de son angoisse et de ses sentiments de culpabilité, d'autodépréciation et d'abandon.

Nous rapporterons ici le cas d'un traitement réussi. Deux jeunes candidats-parents avaient tous deux de bonnes raisons de douter d'eux-mêmes. L'aspirant-père était lui-même le fils de parents présentant une incompatibilité sanguine qui les angoissait à l'extrême. Cette angoisse ne s'atténua même pas après la naissance d'un fils puis d'une fille, tous deux en parfaite santé. Ils étaient vus comme des survivants ayant miraculeusement échappé à une catastrophe. Le garçon, notre futur père, épousa une fille qui avait fait un épisode assez grave de toxicomanie et craignait d'en être marquée dans son corps. Fait remarquable : les deux jeunes gens présentaient une incompatibilité sanguine...

Malgré tous leurs efforts et de nombreux traitements, aucun enfant ne leur vint. Ils cherchèrent alors à se faire adopter. Ils avaient si peu confiance en la bonne qualité de leur race, qu'ils s'adressèrent tout d'abord à un enfant noir, alors qu'eux-mêmes étaient blancs, puis appelèrent en renfort un deuxième enfant d'origine asiatique. Les deux enfants, estimant que dans ce cas le pronostic était relativement bon, entreprirent le traitement qui dura quatre ans en tout et fut un plein succès. Le non-désir de ces parents était essentiellement motivé par l'angoisse et l'insécurité ; les enfants réussirent à les faire céder en faisant preuve de beaucoup de gentillesse, d'un bien-être évident, et en multipliant les contacts physiques. La mère se construisit une image plus aimable de son propre corps qui, peu à peu, redevint habitable : un fœtus s'y installa et s'y développa dans des conditions de confort très satisfaisantes. Il naquit enfin dans une famille parfaitement préparée à l'accueillir et il semble qu'aujourd'hui ces trois enfants n'ont pas plus d'ennuis avec leurs parents que la moyenne.

Cette histoire est particulièrement réconfortante. Cependant, il faut savoir que cela ne se passe pas toujours aussi bien.

Certains parents adoptés se sentent tellement culpabilisés et dévalorisés par la situation d'adoption qu'ils en viennent à nier la réalité. Ils agissent et ils parlent comme s'ils ne savaient pas qu'ils sont adoptés. Bien sûr, au fond d'eux-mêmes ils ne peuvent l'ignorer. Le souvenir de toutes les démarches effectuées pour se faire adopter ne peut avoir été entièrement refoulé. C'est alors à l'enfant de les amener très progressivement à retrouver la mémoire. Il peut commencer par de petites histoires imaginaires, puis des allusions, des remarques faites en passant. Les lapsus sont également un moyen très recommandé pour stimuler le retour des souvenirs. Par contre il faut absolument éviter de parler d'emblée de parents qu'on aurait eus avant d'adopter les parents actuels : ce serait un manque de tact grossier et risquerait de compromettre la relation de confiance si vitale pour un parent adopté. Ces parents d'origine, il ne faudra les introduire qu'en fin de traitement, lorsque le monde intérieur du parent adopté sera entièrement reconstruit et stabilisé. Pendant tout ce processus thérapeutique de restructuration, il conviendra de les rassurer et de les valoriser, sans les surprotéger pour autant. Les parents adoptés ont une sensibilité exacerbée et perçoivent immédiatement toute velléité de les traiter différemment des autres.

Il arrive que, malgré toutes les précautions prises au moment de l'adoption, malgré tous les efforts thérapeutiques, le ou les parents adoptés s'avèrent irrécupérables. Ils éprouvent une telle incapacité à s'intégrer à la famille qui leur est offerte qu'au lieu de se détendre ils s'affolent de plus en plus, deviennent exigeants et hypercritiques à l'égard de l'enfant, car ils tentent de se déculpabiliser en projetant sur lui tout ce qu'ils se reprochent à eux-mêmes. Leur non-désir latent prend le dessus et leur maison devient peu à peu tout aussi inhospitalière que leur corps. Certains développent un véritable état paranoïaque, reprochent à l'enfant de les trahir, des les exploiter, de les persécuter. Il arrive même parfois qu'ils deviennent dangereux. Il n'y a qu'une solution dans ces cas : pour leur propre bien il faut s'en séparer dès que possible. On peut simplement leur souhaiter qu'ils puissent au moins se faire recueillir par un chat ou un chien ou, au pire, par un canari ou un poisson rouge.

*
* *

Le parent délinquant

En gros, nous distinguons deux grandes catégories de délinquance parentale : la délinquance asociale, et la délinquance socialement admise, voire honorée. La première catégorie comprend par exemple les voleurs, les bourreaux d'enfants, les assassins non patentés, les conducteurs réfractaires au code de la route, etc., etc. Dans l'autre catégorie, on trouve certains hommes politiques, hommes d'affaires, chefs d'État ou financiers, les assassins patentés (militaires, policiers, médecins, parfois juges, bourreaux, etc.), chefs religieux, psychiatres et bien d'autres dont la liste serait trop longue à énumérer.

L'enfant peut se solidariser ou non avec le parent délinquant. Son choix dépendra essentiellement de la qualité de la relation avec le parent. Pour notre part, nous ne pensons pas que l'enfant soit tenu de prendre en charge l'éducation morale de son parent. Du moins, pas directement. Nous sommes convaincus que l'instauration d'une relation franche et amicale avec le parent a par elle-même une valeur pédagogique sur le plan moral. Naturellement, rien n'interdit à l'enfant de tenter d'agir directement sur la moralité du parent. Cependant, selon notre expérience ces tentatives sont rarement couronnées de succès et risquent plutôt de compromettre les bons rapports de l'enfant avec son parent, alors que l'objectif à atteindre ne lui tient pas particulièrement à cœur.

Nous avons tenu à vous parler de ce cas, bien que nous n'ayons pas dans nos dossiers d'histoire clinique à vous rapporter. Mais nous avons jugé essentiel de l'évoquer, car la délinquance parentale peut être extrêmement lourde de conséquences pour l'enfant : il peut se retrouver orphelin, abandonné, en pension ou en camp de concentration, personnage envié, fils à papa ou bien mort, sans avoir aucune possibilité d'agir sur la situation. Il nous a donc paru nécessaire qu'il en soit averti.

*
* *

Le beau-parent

Citons pour mémoire l'espèce particulière de parent qu'on appelle le « beau-parent ». L'origine de la dénomination est quelque peu obscure, car il faut bien constater que le beau-parent n'est en général pas plus beau que les autres.

En fait, ce que le beau-parent a de vraiment beau, c'est qu'on peut l'agresser joyeusement et sans culpabilité particulière, ce qui est tout à l'avantage du parent personnel qui, généralement, a bien besoin d'être un peu arrangé et épuré de ses aspects négatifs.

C'est là un modèle de transaction avantageuse pour tout le monde. L'enfant décharge son agressivité et purifie l'atmosphère entre son parent et lui-même. Le parent se trouve embelli et remis à neuf sans frais, situation qui stimule même parfois ses propres aptitudes à s'améliorer.

Le beau-parent arrive à métaboliser tant bien que mal des agressions qui lui viennent d'un enfant qui n'est pas le sien et, par ailleurs, comme il est souvent lui-même le parent personnel d'un autre enfant, il bénéficie du même processus en sens inverse.

Donc, en fait, le beau-parent a quand même quelque chose de beau et, en tout cas, c'est une institution remarquable du point de vue économique.

Il existe deux variétés de beaux-parents ; ceux réservés aux enfants d'un certain âge, mariés, qui leur sont apportés en dot par leur conjoint. Les enfants jeunes peuvent également posséder des beaux-parents, lorsqu'un parent personnel remplace un partenaire défaillant ou inadéquat. Toutefois les deux variétés de beaux-parents présentent les mêmes avantages.

Notons que les beaux-parents les plus parfaits et les plus tendrement aimés peuvent remplir cet office de paratonnerre ; ils n'ont nullement besoin de mériter vraiment les reproches qui leur sont adressés !

Il est inutile d'illustrer ce propos. D'innombrables histoires de belles-mères insupportables, ou de beaux-pères tyranniques nous sont fournis par la littérature ou le dessin humoristique.

*
* *

Le parent au long cours

Il existe des parents dits « au long cours » ou « à éclipses ». On les aperçoit dans la maison de temps à autre, pour de brefs séjours, puis ils redisparaissent. Tout laisse à penser qu'ils restent vivants même pendant les périodes de disparition. Il y a les paroles des uns et des autres prononcées à leur sujet : on en parle comme s'ils existaient. Il y a aussi certains indices matériels : ils écrivent des lettres quelquefois. Puis, quand ils reparaissent, il leur arrive de faire des récits de tout ce qui leur est arrivé durant l'éclipse. Souvent ils justifient leur comportement — même à leurs propres yeux — par des raisons professionnelles, ou éventuellement politico-historiques, mais nous sommes tentés de penser qu'il est plutôt déterminé par un facteur génétique. On constate que, quand les circonstances les obligent à rester présents, ils s'étiolent peu à peu. Il arrive même que le corps de certains se dessèche et se racornisse, d'autres se chargent d'une graisse malsaine. Les uns tentent de vivre uniquement pour leur famille et se dissolvent dans un dévouement autodestructeur ; d'autres deviennent insupportables pour leur entourage au point que tout le monde finit par souhaiter les voir repartir autant qu'ils le souhaitent eux-mêmes.

Le parent au long cours est souvent tout à fait inconscient des problèmes que son fonctionnement pose à l'enfant. Il faut d'abord éclaircir le mystère de sa disparition. Un enfant d'un certain âge possède les moyens d'investigation nécessaires, mais un nourrisson ou un très jeune enfant peut être extrêmement désorienté par le phénomène.

Puis il y a le mystère, tout aussi profond, de leur réapparition. Il n'est pas toujours possible de déterminer pourquoi ils réapparaissent à tel moment plutôt qu'à tel autre. Certes, l'enfant reçoit souvent quelques informations à ce sujet, mais il n'est pas toujours en mesure de les analyser. Là encore, le nourrisson est tout particulièrement défavorisé : les communications verbales ne peuvent guère éclairer sa lanterne et il en est réduit à interpréter de son mieux les mouvements affectifs qu'il perçoit dans son entourage.

L'enfant cherche aussi à établir s'il peut agir ou non sur le moment de la réapparition et, dans l'affirmative, par quel moyen ? Toutes sortes de moyens magiques ont indiscutablement fait leurs preuves dans certains cas et ont tout aussi indiscutablement échoué dans d'autres.

L'enfant dispose également de toute une série de moyens plus concrets, qui fonctionnent d'autant mieux qu'on arrive à leur donner un caractère plus dramatique. Par exemple : faire une grosse — mais alors vraiment très grosse — bêtise ; avoir, ou provoquer, un accident sérieux ; tomber gravement malade. Mais même ces actions de grande envergure peuvent rester sans effet sur des parents qui seraient par exemple navigateurs, militaires, ou bagnards, etc.

Voici l'histoire d'une petite fille qui tenta de stabiliser une mère à éclipses au moyen d'une coqueluche grave. Sa mère réapparut en effet, mais juste le temps de constater qu'il n'y avait pas de danger, puis s'éclipsa aussitôt. La fillette essaya alors une maladie chronique. Là encore, ce fut un échec total. Tout ce qu'elle obtint, ce fut de faire vivre sa mère dans une inquiétude permanente — au loin ! — de lui faire dépenser des sommes considérables en communications téléphoniques à longue distance, d'avoir à déménager chez sa grand-mère à chaque éclipse maternelle au lieu de pouvoir jouir tranquillement de la possession exclusive de son père et, pour couronner le tout, d'être dépassée enfin par le moyen mis en œuvre : il lui fallut plus de vingt ans pour se débarrasser de sa maladie, et encore non sans séquelles. Si nous avons tenu à vous rapporter ce cas, c'est pour mettre en garde tous ceux qui seraient tentés de recourir à cette technique.

Nous sommes donc obligés de conclure

que, dans l'état actuel de nos connaissances, il n'existe pas de moyen fiable pour faire resurgir à volonté un parent éclipsé. Il faut donc s'accommoder de la situation, ce qui n'est pas sans poser quelques sérieux problèmes.

Par exemple, une caractéristique embarrassante du parent au long cours c'est de créer des bouleversements constamment répétés dans le monde intérieur et extérieur de l'enfant. Dans ses moments de présence, il montre en général beaucoup d'insistance pour se faire agréer comme un élément important de ces deux structures. L'enfant ne demande qu'à se laisser convaincre et finit par s'en servir pour y appuyer d'autres morceaux de l'édifice. C'est alors que le parent disparaît, et il ne reste plus à l'enfant qu'à se précipiter pour soutenir à bout de bras le pan de mur qu'il a imprudemment bâti sur ce parent. Mais si la situation se prolonge, il ne peut plus, indéfiniment, consacrer toute son énergie à un travail dont l'intérêt reste toujours aléatoire : il finit par combler la lacune par des matériaux de fortune. Puis, lorsqu'il est bien engagé dans l'exécution de ce projet remanié, le parent resurgit inopinément, se précipite à pieds joints dans la place présumée vide, sans le moindre égard pour les travaux en cours que sa défection avait rendus nécessaires. Par son irruption brutale, il compromet en un seul instant le travail laborieux de plusieurs mois ou même d'années.

En fait, il semble que le parent au long cours soit parfaitement inconscient des perturbations qu'il provoque. Mais cela ne fait que compliquer la situation. L'enfant qui se rend généralement compte que le parent agit avec une parfaite innocence finit par entreprendre de le réconforter plutôt que de s'occuper de ses propres affaires, pourtant en péril. La mère d'un petit garçon, une comédienne, disparut lorsque celui-ci avait six mois. Le garçon, dont l'univers était encore quelque peu chaotique, n'était pas en mesure d'attendre très longtemps. Il saisit la première personne familière et chaleureuse qu'il avait sous la main et l'introduisit à la place vacante. Tout se passa bien pendant sept ou huit mois, jusqu'au jour où la mère se rematérialisa soudain et tenta de se réinstaller à sa place d'avant, comme si de rien n'était. Le garçon essaya de préserver son équilibre ou, du moins, gagner le temps nécessaire pour réorganiser son univers : il commença à appeler « maman » la remplaçante qu'il avait toujours appelée par son prénom jusque-là, et invita sa mère, avec toute la courtoisie souhaitable, à attendre qu'il lui aménage sa place. Il aboutit à un malentendu total : la mère, qui se croyait impatiemment attendue, n'y comprit rien et fit une dépression. Le garçon n'avait plus le choix, il dut abandonner son travail de restructuration et se précipiter au secours du parent en détresse.

Certains enfants particulièrement doués arrivent à inventer pour ce genre de parent une place qui peut rester vacante pendant très longtemps, sans danger d'implosion, et que le parent peut retrouver à chacune de ses matérialisations comme un vêtement familier. Mais une telle solution n'est pas à la portée de tous : elle n'est possible que pour un enfant capable d'une organisation à la fois souple et solide, dans un contexte particulièrement favorable, et en tout cas, elle exige toujours une longue et minutieuse mise au point.

*
* *

Le parent riche

(et une variante : le parent pauvre)

Il s'agit de parents qui communiquent

l'essentiel de leurs sentiments par l'intermédiaire de l'argent qu'ils prétendent avoir ou ne pas avoir. En effet, le parent peut se sentir riche ou pauvre, tout à fait indépendamment de l'état objectif de ses finances. Ses attitudes seront donc déterminées par ce sentiment. Un tel parent entretient une illusion de toute-puissance — ou de toute-impuissance, ce qui revient au même — étayée par l'épaisseur ou la minceur de son compte en banque. Certains parents riches équilibrent tout juste leur budget. Il y a des parents pauvres millionnaires.

Ce langage, ce mode d'expression, est souvent très difficile à interpréter, extrêmement agaçant pour l'enfant, et très déroutant par les contradictions qui se manifestent au niveau objectif. Cependant, pour le parent il est intensément chargé d'émotion ; c'est par ce moyen primitif qu'un parent peu évolué quant à l'expression de son affectivité peut tout de même communiquer sa demande d'amour et son désir d'en donner. Si son appel reste incompris, il se sent rejeté, méprisé, dévalorisé par son enfant. Des rebuffades répétées peuvent déclencher chez lui un véritable état de détresse et risquent de le bloquer dans une attitude complètement négative. Tel parent riche va submerger son enfant de cadeaux uniquement destinés à véhiculer son amour (et sa demande d'amour) et pas du tout à provoquer du plaisir ou de l'intérêt par eux-mêmes. Plutôt que d'exercer un effet stimulant, chaque cadeau vient plutôt perturber la découverte et l'exploitation du précédent.

Le parent pauvre veut être aimé pour les privations qu'il subit, voire s'impose. Il désire aussi que son enfant puisse mesurer l'amour qu'il lui porte au sacrifice d'argent consenti à son profit. De même, le parent pauvre exprime parfois l'immense valeur qu'il attribue à son enfant en montrant que tout l'or du monde ne suffirait pas à l'entretien d'un objet si précieux. Pour pouvoir traduire ce qui lui est ainsi communiqué, l'enfant est donc très précisément tenu au courant des variations des prix — notamment dans le sens de la hausse — et des fluctuations de la monnaie nationale. Malheureusement ce mode d'expression parental suscite parfois un très pénible sentiment de culpabilité chez l'enfant qui a l'impression d'être une véritable denrée de luxe que son parent a acquis parce que l'enfant lui a forcé la main, mais dont il n'avait pas les moyens. Dans ce cas, il est très difficile pour l'enfant — et pratiquement impossible pour le parent — de démêler la réalité extérieure de la réalité intérieure.

Pour illustrer notre propos, voici l'histoire, autobiographique, que nous a communiquée la petite fille d'un parent riche. Son parent, outre cette catégorie, appartenait également à deux autres catégories parentales importantes : c'était un parent-très-occupé et un parent surmené. Pour toutes ces raisons, il était obligé de traduire son affection par des cadeaux. Sa fille l'avait compris et s'efforçait de lui parler un langage qu'il serait capable d'entendre. Un jour, elle lui demanda donc de lui offrir un disque où figurait une de ses chansons préférées. Et un tourne-disques qui lui permettrait de l'écouter. Elle se voyait déjà, pelotonnée sur les genoux de son père, partageant avec lui le plaisir de se laisser bercer par une délicieuse mélodie. Le soir même, un livreur se présenta à la maison, chargé de lourds paquets. Il y avait une caisse contenant un électrophone stéréophonique d'un modèle perfectionné. Elle trouva les deux haut-parleurs dans une caisse à part. Puis il y avait trois gros cartons, bien rembourrés, pleins de disques. Une cinquantaine en tout. Des chansons, de la musique classique, des orchestres de danse. La fillette, qui n'avait pas encore percé tous les mystères du langage écrit, mit plusieurs heures pour repérer dans cette avalanche de sons les accents familiers de sa chanson favorite. Quant au parent, il avait téléphoné dans l'après-midi qu'il ne rentrerait pas pour le dîner. Heureusement pour lui, sa petite fille l'aimait suffisamment pour comprendre qu'il n'avait pas pu affronter à chaud une situation où il sentait bien que quelque chose n'était pas au point.

Cette histoire est, somme toute, plutôt réconfortante. Cependant, toutes ne le sont pas. On nous a également rapporté le cas d'un petit garçon qui, lui, avait d'énormes difficultés avec ses parents pauvres. Entre leurs mains, tout se transformait en privations. Ils comblaient leur fils de sacrifices aussi douloureux qu'inutiles, et de privations dans les domaines où il s'aventurait à exprimer un désir. Débordé par la tension, déconcerté par l'apparente incohérence du comportement des parents, le garçon décida de se mettre en réserve pour l'avenir et se déguisa en débile mental. Alléchés par l'idée du sacrifice, les parents se précipitèrent chez le psychothérapeute. Celui-ci parvint assez facilement à entrer en rapport avec le garçon dont le déguisement était relativement récent. Imprudemment, il rassura les parents et, un peu impressionné par les difficultés qu'ils disaient devoir affronter pour pouvoir offrir une psychothérapie à leur enfant, il leur demanda une somme relativement modique pour la consultation et les séances à venir. Le jour du rendez-vous suivant, il reçut un appel téléphonique qui le laissa perplexe : le père lui téléphonait pour l'avertir qu'ils ne viendraient pas au rendez-vous et qu'ils ne pouvaient pas entreprendre la thérapie pour le moment, car il leur était impossible de débloquer la somme nécessaire : ils avaient une petite bicoque sur la Côte d'Azur dont la terrasse était entièrement à refaire, juste en même temps que le toit et les deux tours du manoir de Normandie. Leurs chevaux également leur coûtaient terriblement cher et depuis plusieurs mois ils n'avaient gagné aucune course. Devant ce tableau angoissant, le thérapeute ne put que s'incliner. Malgré tous ses efforts, il lui fut impossible de rencontrer l'enfant, ne fût-ce qu'une fois. Il est bien à craindre que ces parents, s'ils laissent passer leur chance, s'ils ne résolvent pas leur problème avant que leur fils ne leur donne leur indépendance, restent toute leur vie des parents pauvres et frustrés.

Nous avons eu l'impression que, dans cette catégorie, il s'agissait presque toujours de parents relativement fragiles et rigides. Leur seule chance était d'être quand même et malgré tout compris par leur enfant. Après tout, ces parents font de leur mieux. C'est à l'enfant de surmonter ses déceptions et son irritation, éviter de dévaloriser les cadeaux ou les privations qui lui sont offerts et s'adapter aux besoins d'un être plus faible, plus fragile que lui.

*

* *

Le parent âgé

Contrairement à l'enfant, plus le parent prend de l'âge, plus il devient fragile, instable, capricieux, hypersensible, parfois mélancolique, anxieux, et il faut le traiter avec beaucoup de prudence et de délicatesse. Le parent âgé réclame sans cesse de la tendresse et de l'affection. Il a peur de l'abandon, peur du changement, peur du nouveau, peur de l'avenir, et, en particulier, de plus en plus peur de la mort. Il est remarquable en effet que plus un être humain est jeune, plus il est près de l'époque où il n'existait pas encore, plus cet état lui est familier et moins il le craint. Un fœtus meurt apparemment sans problèmes, souvent avec une telle discrétion que même sa mère ne s'en aperçoit pas. C'est même une des solutions les plus confortables qui s'offrent à lui, dans les situations qui paraissent sans issue. Les jeunes gens sont assez facilement amenés à risquer leur vie, pour leurs idées, pour leurs amis, parfois simplement par défi ou pour s'amuser. Mais le vieux parent a tout à fait oublié comment c'était quand il n'était pas, et l'inconnu le terrifie. L'enfant, qui affronte l'inconnu à longueur de journée, peut rassurer le vieillard en lui montrant qu'on peut accueillir ce qu'on ne connaît pas avec intérêt, curiosité, ou du moins avec un certain sang-froid. « Pourquoi avoir peur, puisque rien ne peut arriver qui n'arrivera pas de toute façon », nous disait un très vieil enfant de 80 ans à une époque particulièrement critique de son histoire.

Ajoutons que plus l'enfant devient lui-même vieux, plus il est désarmé devant la détresse de son vieux parent. C'est une situation d'autant plus regrettable, que la plupart du temps — quoique pas toujours — parents et enfants vieillissent simultanément.

Le vieux parent a beaucoup d'expérience, et il en est terriblement encombré. Il croit savoir une quantité de choses parce qu'il en a déjà vécu de semblables et, pour rentabiliser cette expérience, il s'évertue à introduire de force les événements et les gens dans des moules préfabriqués. Il croit en savoir long sur l'enfant sous prétexte qu'il a été lui-même enfant autrefois. Il oublie simplement que ce n'était pas le même enfant. Malgré sa propension à revendiquer constamment le respect, l'obéissance et la confiance au nom de cette fameuse expérience, le vieux-parent-expérimenté sent obscurément qu'il s'efforce ainsi de transformer une faiblesse en qualité. Dans bien des circonstances, notamment lorsqu'il se livre à la recherche scientifique, il recommande à qui veut l'entendre de considérer les choses avec un regard frais et libre de préjugés centré sur l'inattendu et le surprenant plutôt que sur le connu et le familier. La meilleure aide que l'enfant peut apporter au vieux parent, c'est de favoriser l'attitude scientifique aux dépens de la fuite dans le connu. En même temps il doit lui montrer qu'il n'a rien perdu du respect tant désiré, bien au contraire.

Si l'enfant montre tant d'aptitude innée à comprendre et à éduquer ses parents, c'est justement parce qu'il n'a jamais été adulte, ni parent, et qu'il est donc naturellement capable de réaliser cette observation libre de tout préjugé qui est la seule attitude scientifique valable. Là encore, plus il vieillit, plus il s'encombre d'expériences, de principes, de convictions, plus il risque de passer à côté de l'essentiel en ce qui concerne les vrais problèmes et besoins de ses parents. C'est là une des raisons qui expliquent la grande misère du parent âgé.

*
* *

La vie sexuelle du parent

Le parent est une espèce bisexuée. Il y a des mâles et des femelles. On appelle les mâles : pères, et les femelles : mères. On leur donne aussi souvent des petits noms affectueux comme papa et maman. Quand ils vieillissent, ils deviennent parfois des pépés et des mémés. Il faut éviter toute confusion avec les tontons et les tatas, qui ne sont pas nécessairement des parents et qui ne vont pas forcément par paires.

Les mâles et les femelles se distinguent essentiellement par leur forme, mais aussi par toute une série de caractères plus subtils qu'il n'est pas facile de définir avec précision. Toutefois, l'enfant possède un sens aigu à cet égard, et les méprises sont rares.

Contrairement aux enfants de tous âges, qui ont une vie sexuelle extrêmement variée et multiforme — pratiquée individuellement, ou à deux, ou en groupe, avec des partenaires de n'importe quel sexe, voire des animaux ou des objets — le parent a une vie sexuelle relativement pauvre et monotone : elle se pratique obligatoirement à deux, nécessite la participation d'un homme et d'une femme, qui utilisent les particularités de leur anatomie, selon un schéma immuable, pour faire en sorte que l'ovule et le spermatozoïde puissent entrer en rapport dans les conditions les plus favorables.

Malgré cette relative indigence de sa sexualité, le parent semble y attacher une importance démesurée. Il ne cesse d'en parler, directement ou par allusions, en musique, en vers, en images ou toute autre forme d'activité créatrice. Avec son enfant, il adopte souvent une sorte d'attitude de provocation ludique en se cachant ostensiblement chaque fois qu'il désire se livrer à son activité sexuelle : cela se passe généralement derrière des portes closes — mais non en silence — ou bien la nuit, lorsque l'enfant est supposé dormir.

Nous pensons qu'il faut accorder aux parents le droit à une certaine vie privée, sexualité comprise. Il en a besoin pour son bon équilibre, et si on lui inflige des frustrations excessives et trop fréquentes à cet égard, il a tendance à devenir violent et incontrôlé. Aussi pensons-nous que, même s'il fait tout pour attirer l'attention, il est préférable de ne pas intervenir quand ce n'est pas absolument nécessaire.

Naturellement, ce n'est pas toujours possible. Nous avons constaté, par exemple, que le parent fait généralement preuve d'une remarquable incompétence quand il s'agit d'apprécier avec précision le nombre d'enfants qu'il est capable de servir et de soigner correctement. Il a une fâcheuse tendance à surévaluer ses capacités à cet égard. L'enfant est donc bien obligé d'exercer un certain contrôle sur les naissances. Différentes méthodes contraceptives nous ont été rapportées.

Une petite fille, quand elle remarquait, certaines nuits, une agitation suspecte dans la chambre de ses parents, avait l'habitude d'éprouver des terreurs incoercibles et se mettait à hurler jusqu'à ce que ses parents la prennent entre eux dans leur lit.

Une autre recourait à une variante de cette méthode : elle attirait sa mère dans son propre lit et l'y retenait toute la nuit.

Une troisième petite fille avait vu ses efforts déjoués par des parents particulièrement rusés. Ayant échappé à sa vigilance, ils s'étaient retirés dans leur chambre au plein milieu de l'après-midi pour s'y livrer à leurs ébats. La fillette s'aperçut in extremis de ce qui se préparait, fit irruption dans la chambre et, voyant la catastrophe imminente, fit preuve d'une présence d'esprit remarquable : sans faire ni une ni deux, elle s'accroupit et fit ses besoins sur la descente de lit. Il y eut, bien sûr, pas mal de tapage et quelques regrettables excès verbaux et gestuels, mais il n'y eut pas de petit frère ce jour-là.

Il arrive cependant que toutes les méthodes contraceptives usuelles échouent et que l'enfant malencontreux vienne au monde. Certains enfants considèrent que même alors tout n'est pas perdu et qu'une action peut encore être envisagée.

La même petite fille qui, une première fois, avait réussi à éviter l'échéance fatale par sa géniale improvisation sur la descente de lit, se retrouva tout de même un jour avec une petite sœur parfaitement superflue sur les bras. Aussitôt elle entreprit une étude approfondie du fonctionnement des bennes à ordures, de leurs horaires et de leurs itinéraires, pour essayer de profiter de la première occasion qui se présenterait. En fait, dans ce cas, l'occasion ne se présenta jamais.

Une autre petite fille n'a pas pu, elle non plus, empêcher une naissance indésirable. Plus modérée, plus patiente que celle du cas précédent, elle tenta de raisonner sa mère : « Regarde, comme il est mignon le petit frère ! Nous allons maintenant le laver, le changer, lui mettre du talc sur le petit derrière, l'habiller avec des beaux habits bien chauds, lui donner un bon grand biberon, puis nous allons le mettre à la poubelle. » Comme il est, hélas, si fréquent, ce conseil judicieux ne fut pas suivi.

Quant aux auteurs, ils estiment que, devant le fait accompli, il vaut mieux ne pas insister et laisser les choses suivre leur cours. Après tout, pourquoi devancer la demande du parent et se précipiter à son secours avant qu'il ne vous y invite lui-même ? Autant laisser le ou les parents se débrouiller tout seuls avec le résultat de leur inconséquence. L'enfant ne peut pas être tout le temps derrière eux et il faut bien qu'ils apprennent à se contrôler eux-mêmes.

QUELQUES REMARQUES CONCERNANT L'ANATOMIE DU PARENT

Nos connaissances quant à l'anatomie du parent ne peuvent pas encore être considérées comme tout à fait complètes. Il faut dire qu'en général le parent ne fait pas grand-chose pour faciliter les investigations. Actuellement son attitude à cet égard aurait tendance à s'assouplir et nous espérons que quelques conclusions importantes pourront être apportées par les nouvelles générations.

Comme nous l'avons dit ailleurs, il y a des parents mâles et des parents femelles — les pères et les mères — qui n'ont pas exactement la même conformation, et c'est d'ailleurs précisément ce qui sert à les distinguer.

Les mâles et les femelles ont un certain nombre de caractéristiques communes : une tête, un cou, un tronc, deux membres supérieurs terminés par des doigts et deux membres inférieurs terminés par des orteils. On a observé des spécimens qui ont des membres ou des segments de membres en moins, mais en général ils sont capables d'expliquer ce manque de façon satisfaisante : ces segments manquants, ils les ont bien possédés autrefois, mais ils les ont perdus ou on les leur a volés. Pourtant, certains ne peuvent donner aucune explication valable de ces manques, ce qui laisse planer un doute sur les caractères généraux de l'espèce. Il en est de même pour le cas — plus rare — de ceux qui ont des segments en plus. Il pourrait s'agir de mutations, soit spontanées, soit produites par les conditions d'élevage, les croisements ou la domestication. En effet, autrefois les parents vivaient à l'état sauvage ou semi-sauvage, disposaient de leurs enfants comme s'il s'agissait d'un bien, les achetaient ou les vendaient, les jetaient quand ils n'en avaient pas besoin, voire les mangeaient ! Leurs religions primitives les portaient à se prendre pour les maîtres, inversant tout simplement le cours de l'évolution... Quoi qu'il en soit, il pourrait y avoir là une explication des anomalies anatomiques constatées.

Maintenant, venons-en aux différences entre mâles et femelles. Dans l'ensemble les pères ressemblent assez au petit garçon, en plus gros, et avec beaucoup plus de poils à divers endroits de leur corps : sans doute un résidu de l'espèce sauvage. En ce qui concerne les poils de la tête et du visage, soit ils les suppriment à l'aide d'instruments fabriqués exprès pour cet usage, soit ils les retaillent artistiquement dans un but esthétique. Quant à leur corps, ils s'en servent avec plus ou moins de bonheur, mais selon une certaine logique. Cependant, il y a une partie de leur corps vis-à-vis de laquelle ils se comportent avec une totale incohérence : c'est le fragment qui se trouve entre la taille et le haut des cuisses, et tous les appendices afférents. Cette région du corps est à la fois objet de fierté et de honte, d'intérêt et de mépris, d'une survalorisation esthétique bruyante et d'un dégoût tout aussi hautement proclamé. L'usage qui en est fait est à la fois varié et intensif. L'appendice principal en constitue la partie la plus précieuse. Mille petits noms d'amitié ont été inventés pour lui, mais d'autres de ses noms servent d'injures. Encore un exemple de l'ambivalence qui pèse sur toute cette région.

Quant aux mères, leur corps présente une différence un peu plus marquée avec celui des petites filles. Elles sont plus poilues que les petites filles, mais beaucoup moins que les pères. Toutefois, certaines mères possèdent elles aussi des barbes et des moustaches, mais, à quelques exceptions près, n'essayent jamais d'en tirer parti pour leur beauté, comme les pères. Nous ignorons les raisons de cette attitude timorée.

Autre différence : sur le devant de son buste, la femelle présente deux appendices du plus haut intérêt, à la fois beaux et fonctionnels. Ils sont plaisants pour le regard, moelleux au toucher et permettent de fabriquer, transporter et garder à une température optimale le lait nécessaire au nourrisson. Un dispositif ingénieux leur permet de s'adapter à la bouche du nourrisson.

La partie inférieure du corps est traitée avec la même ambivalence que chez le parent mâle. Toutefois il persiste un doute quant à la forme exacte de cette région. Les observateurs qui ont pu l'examiner personnellement sont unanimes à affirmer qu'elle présente des accès à plusieurs cavités dont une seule nous est bien connue, mais aucun appendice spectaculaire. Mais un nombre non négligeable de chercheurs ont cru pouvoir déduire d'un ensemble d'indices convergents que les mères aussi pouvaient posséder un tel appendice. Certains soutiennent qu'une partie seulement des mères en possèdent, d'autres pensent que toutes en possèdent, mais seulement pendant un certain temps ou à certaines périodes. Nous connaissons un enfant qui affirme avec insistance que sa mère possède un tel appendice, et qu'il a pu en deviner la forme sous sa jupe. Cependant, une crainte inexplicable l'a toujours retenu de procéder à une vérification plus sérieuse. Il a 42 ans à présent, mais il n'a jamais pu apporter les preuves valables pour étayer sa conviction. Pour ne pas avoir à l'abandonner, il s'est rigoureusement abstenu jusqu'ici d'examiner aucune femelle de plus près ; encore un exemple de l'ambiguïté qui entoure cette région du corps.

Cette étude anatomique n'est pas d'un intérêt primordial pour l'éducateur, toutefois l'élément formel ne peut lui être entièrement indifférent, ne fût-ce qu'à cause des possibilités d'identification.

Hygiène et soins corporels du parent

La plupart des parents manifestent une passion immodérée pour le nettoyage. Ils lavent leur corps dans ses moindres anfractuosités, ils lavent leurs habits, leurs objets usuels, leurs enfants, leur voiture et même leur maison ; ils brossent leurs dents, leurs tapis, leurs chaussures, rien n'échappe à leur fureur lessivière.

Il ne faut pas les juger trop sévèrement. Nous pensons qu'il s'agit d'une simple manie plutôt que d'un véritable vice.

Non contents de se laver, souvent ils dénaturent leur odeur personnelle, si agréable à l'enfant, en s'aspergeant de divers produits odorants, d'ailleurs pas toujours déplaisants, mais qui masquent irrémédiablement leur odeur familière.

Il y a cependant des cas où il est quand même nécessaire de mettre le holà à leurs débordements : c'est quand ils s'attaquent aux objets favoris de leurs enfants. Chacun sait qu'un nounours dûment tripoté et imprégné de substances attrayantes, qu'un chiffon amoureusement sucé pendant des semaines, perdent toute valeur après une procédure de nettoyage quelle qu'elle soit.

Par ailleurs, le parent fait preuve d'une déplorable inaptitude à déterminer ce qui est effectivement sale ou propre, et il lui arrive souvent de commettre des erreurs grossières. Ainsi, il qualifie de « sales » toutes les productions corporelles, même à l'état le plus pur. Sont « sales » également un certain nombre de substances naturelles parfaitement innocentes, comme la terre, la boue, le sable, ou même des aliments de qualité indiscutable, pour peu qu'il les rencontre ailleurs que dans une assiette ; il réagit tout aussi négativement à certains produits officiellement fabriqués et vendus dans le commerce, comme l'encre, la peinture ou le cambouis. Par contre, il s'extasie sur la « propreté » d'un carrelage qui pue l'eau de Javel ou d'un chiffon dénaturé à l'amidon.

Il ne faut pas trop attendre de l'éducation dans ce domaine. En expliquant au parent en termes clairs et simples le sens de ce qui lui est demandé, on peut espérer freiner quelque peu son ardeur au nettoyage sur les quelques points auxquels on tient le plus. Mais si l'on contrarie par trop brutalement ce genre de comportements irrationnels on risque de déclencher des réactions d'angoisse et faire plus de mal que de bien. La plupart du temps, il faut se contenter de réparer subrepticement les dégâts les plus graves, et se montrer ferme et intraitable quand il s'agit des quelques objets fragiles qui seraient irrémédiablement détruits par un nettoyage intempestif.

Nous passerons plus rapidement sur les autres mesures d'hygiène de vie. Le parent a besoin d'un certain nombre d'heures de sommeil. Il faut veiller à ce qu'il les ait, et ne le lever la nuit qu'en cas de nécessité absolue, pour qu'il puisse vaquer à ses devoirs de parent. Il faut respecter ses moments de détente et de jeu, ne fût-ce que pour qu'il respecte les vôtres. Ainsi, une petite fille qui voulait que sa mère lui raconte une histoire, s'entendit répondre :

« Je ne peux pas, j'ai à faire, mais va jouer dans ta chambre et moi je t'aimerai de loin. » La fillette enregistra la leçon, et lorsque sa mère l'appela un peu plus tard pour lui donner son bain, elle répondit de même : « Pas maintenant, va jouer un peu dans ta chambre et moi, je t'aimerai de loin. »

Le parent a besoin d'exercice et de plein air. Il faut le sortir un peu tous les jours, même par mauvais temps, sinon il s'étiole.

*

* *

Habitudes alimentaires et vestimentaires du parent

Il est très difficile d'empêcher le parent de manger un peu n'importe quoi, souvent sans discernement et en quantités immodérées. D'autant plus, que l'enfant ne peut exercer aucun contrôle sur son argent de poche et que, par ailleurs, c'est lui qui détient les clefs de la pharmacie.

En fait, les moyens d'action dont dispose l'enfant sont assez réduits. Certains recourent à l'argument sentimental, comme cette petite fille qui faisait des crises de larmes pour empêcher son père cardiaque de fumer. Mais ce moyen présente le grave inconvénient de dramatiser encore plus une situation déjà assez tendue par elle-même.

D'autres soutiennent — à notre avis non sans raison — que si l'on parvient à faire vivre le parent dans une atmosphère calme, paisible, à l'entourer d'une chaude affection, il éprouvera moins le besoin de s'empoisonner à l'aide de diverses substances toxiques ou de se gaver de nourriture.

La bonne qualité du couple parental joue également un rôle important à cet égard. Nos statistiques montrent que, contrairement à la conviction solidement ancrée d'un grand nombre d'enfants, il vaut mieux pour tout le monde que les deux parents s'entendent bien. En effet, beaucoup d'enfants ont l'impression qu'en créant ou en favorisant la zizanie entre les parents ils pourront s'assurer la fidélité exclusive du parent de leur choix, voire des deux... Mais, avec le temps, ils constateront qu'ils ont fait une conquête bien encombrante. Le parent récupéré, coupé de ses semblables, devient à son tour exigeant et exclusif et finit par obliger son enfant à détourner beaucoup trop de temps et d'énergie de ses occupations normales. Il vaut mieux que le parent reste bien intégré à sa classe d'âge et conserve autant que possible son indépendance matérielle et affective. On préservera ainsi son bon équilibre psychique et il pourra plus aisément se passer de stupéfiants ou d'excès de nourriture, sans pour autant se cramponner à son enfant.

*
* *

En ce qui concerne l'habillement, le parent choisit ses vêtements selon des critères assez obscurs. Souvent, il s'affuble de choses qui ne sont ni pratiques ni confortables, et dont la valeur esthétique elle-même paraît douteuse. Etant donné qu'il nous est impossible de déterminer avec certitude dans quel but le parent s'habille, nous pensons qu'il vaut mieux n'intervenir qu'avec la plus grande discrétion, et seulement quand l'accoutrement du parent semble particulièrement inadéquat. Pour la même raison, il vaut mieux éviter les commentaires par trop désobligeants.

*
* *

L'habitat du parent

Le parent habite généralement des maisons — de forme très variable — ou des parties de maisons appelées appartements, mais aussi des tentes, des roulottes, des grottes, des tonneaux, des arbres ou des lieux plus inattendus encore. Mais ce qui caractérise l'habitat du parent, à quelques très rares exceptions près, c'est le désordre, la saleté, le gaspillage, l'irrationnel. Le parent n'y peut rien. Il s'agit d'un trait spécifique de l'espèce.

Le parent applique des systèmes de rangement aberrants, auxquels il s'accroche avec une obstination maniaque. Par exemple, il a coutume de concentrer tous les objets d'une même catégorie en un même lieu. Il est assuré ainsi, où qu'il se trouve, de ne jamais avoir sous la main tout ce dont il a besoin. Alors que tout enfant sensé tend à se constituer un peu partout des dépôts regroupant une gamme aussi vaste que possible d'objets utiles ou agréables, pour pouvoir en disposer instantanément lorsqu'il le désire, le parent perd des heures, des jours, voire des mois de sa vie à aller chercher au loin les objets dont il a besoin, puis à les rapporter après usage. L'irrationalité de ce procédé apparaît clairement quand on réalise les problèmes insurmontables que ce mode de rangement peut poser au nourrisson ou au jeune enfant qui se déplace à quatre pattes, ou par translation autour de son axe : la plupart des points de rangement sont hors de sa portée et il est contraint d'employer du personnel uniquement pour aller quérir les objets usuels dans leurs dépôts inaccessibles.

Nous connaissons cependant le cas d'un père qui a tenté d'introduire des méthodes plus raisonnables au sein de sa famille : il entreposait les objets dont il se servait à l'endroit même où il les avait utilisés pour la dernière fois, considérant qu'il y avait bien des chances qu'ils puissent resservir en ce même lieu. Mis à part son fils, tous les membres de sa famille manifestèrent à son égard l'incompréhension la plus obtuse et s'ingénièrent, sous des prétextes fallacieux, à déranger son organisation.

L'habitat du parent est souvent sale : il y répand toutes sortes de produits chimiques aux odeurs pénétrantes dans le but avoué de polluer ou d'éliminer les senteurs naturelles. Pour lui, plus il y a d'encaustique, d'eau de Javel, de lessive dans la maison, plus c'est « propre ».

Le parent encombre son habitat de toutes sortes d'objets inutiles, inintéressants, laids et impropres à la consommation. Ces objets sont souvent fort coûteux et acquis aux dépens des objets utiles. La valeur d'innombrables tablettes de chocolat est ainsi investie en vases de Chine, bronzes d'art, images colorées, pendules et autres futilités. Le parent ne joue pratiquement jamais avec ces objets, mais il y tient farouchement. On nous a rapporté le cas d'un père qui avait encombré tout un mur de son salon avec une étagère en verre, surchargée d'objets fragiles, pour la plupart sans intérêt aucun, mais qui lui causaient un souci constant. Sa petite fille voulut lui venir en aide et un jour au prix d'un effort surhumain, parvint à faire basculer l'étagère avec tout son contenu, pulvérisant d'un coup tout ce fatras qui empêchait son père de jouir tranquillement de la vie et de s'amuser librement dans le salon. Eh bien, qu'on le croie ou pas, quand le père vit le travail il fit une véritable crise d'hystérie !

Il vaut mieux, semble-t-il, laisser le parent arranger son cadre de vie selon son propre goût, même si son organisation paraît aberrante. Que l'on se contente d'interventions mineures et discrètes, accomplies sans trop attirer l'attention du parent qui, de toute façon, ne saurait apprécier. Souvent on est ainsi amené à agir en silence pour le bien du parent, sans pouvoir lui expliquer le pourquoi des choses, en espérant que plus tard il comprendra et en montrera de la reconnaissance.

*
* *

La vie professionnelle du parent

Presque tous les parents travaillent, pour « gagner leur vie », comme ils disent. En fait, il semble surtout s'agir de gagner de l'argent, car la vie — à les en croire — paraît plutôt compromise que gagnée par le travail. Essayons donc d'approfondir un peu ce qui se passe en réalité.

Donc, le parent gagne de l'argent en s'adonnant pendant la plus grande partie de la journée à une activité appelée travail, profession, emploi, boulot, etc., parfois même aux dépens de ses tâches parentales. Il affirme avec une telle assurance le caractère nécessaire et inéluctable du travail qu'en général l'enfant est tenté de l'accepter sans faire de difficultés, voire de le respecter.

Cependant, cette position bien établie est remise en cause par certains esprits non conformistes. Ceux-ci perçoivent une ambivalence fondamentale chez le parent lorsqu'il évoque les problèmes du travail et de l'argent et pensent que là encore — comme si souvent — il ne faut pas prendre les déclarations du parent à la lettre.

Prenons par exemple le problème de

l'argent, que le parent gagne soi-disant pour sa famille. Il lui arrive, en effet d'en donner à son conjoint, parfois manifestement à contrecœur. Il en donne éventuellement — très peu — à son enfant. Mais il en donne abondamment à toute une série de gens qu'à première vue on n'aurait pas pensé à inclure dans la famille : le boulanger, le boucher, le crémier, le pompiste... Encore, ceux-là vous donnent eux aussi quelque chose, pour montrer qu'ils sont bien de la famille et ont le droit d'emporter une partie de l'argent gagné par le parent. Mais on en donne aussi à des gens comme le médecin ou le dentiste, qui ne donnent absolument rien en contrepartie, bien au contraire : ils adoptent souvent un comportement franchement agressif, allant jusqu'à vous retirer vos propres dents ! Or, non seulement le parent leur distribue l'argent sans discuter, il les remercie même par-dessus le marché. Il faut croire que ce sont des membres particulièrement importants de la famille.

Mais la part du lion de l'argent que gagne le parent est revendiquée par des membres lointains de la famille qui ne se dérangent même pas pour venir le chercher. Ils envoient des papiers appelés factures, relevés, avertissements, redevances, quittances, etc., et le parent paie ! Ces malotrus n'expriment aucune reconnaissance pour ce qu'on leur donne, et poussent l'impudence jusqu'à réclamer encore plus d'argent quand on leur demande d'attendre un peu. Tout porte à croire que ces inconnus seraient les membres les plus importants de la famille !

Les enfants non conformistes qui ont entrepris d'étudier les problèmes du travail parental ont estimé que cette situation était intolérable. Il paraissait exorbitant d'éloigner le parent pendant 8 -10 heures par jour, voire plus, de ses tâches de parent, dans le seul but de combler l'appétit d'argent insatiable de personnages qu'on n'avait jamais vus et qui ne vous donnaient en échange, au mieux, que des petits bouts de papier à peine suffisants pour faire une cocotte de dimensions modestes.

Finalement, ces enfants en sont venus à la conclusion qu'il valait mieux se garder le parent à plein temps, ne pas l'envoyer travailler mais plutôt l'employer sur place ou jouer avec. Par conséquent, ils font tout leur possible pour détourner leur parent des occupations stériles. Ils y réussissent parfois, dans une certaine mesure, en particulier ceux qui ont plusieurs parents. Sans doute cela leur permet-il de bénéficier d'un service plus consciencieux, mieux distribué dans la journée que les enfants qui laissent travailler tous leurs parents. Mais il faut bien constater que leurs parents n'en sont pas nécessairement plus heureux.

On a l'impression que malgré son aversion hautement proclamée pour le travail, le parent en tire quelque chose d'essentiel qu'il hésite à avouer — à moins qu'il ne le sache pas lui-même. Toute cette histoire d'argent à gagner n'est peut-être qu'un prétexte, ce qui expliquerait qu'il le distribue aussi inconsidérément une fois qu'il l'a gagné, un peu à n'importe qui, pourvu qu'il réclame assez fort.

Il paraît donc évident que les objectifs secrets ou ignorés dépassent de loin en importance les objectifs avoués par le parent. La suite de notre enquête nous en a apporté la preuve. Tel père, pour « gagner sa vie », organisait des spectacles. Il trouvait des pièces, cherchait des acteurs, commandait des décors, des costumes. Il était soucieux, énervé, rentrait à la maison à n'importe quelle heure, à certains moments il était totalement inabordable. Il n'en était pas moins exigeant sur le plan des performances scolaires, réclamant à son enfant une conscience et un sérieux que lui-même ne manifestait guère. Son fils se montra patient pendant un certain temps, puis, vers l'âge de 16-17 ans, il résolut de lui donner une leçon. Il s'agissait d'un garçon particulièrement vif et intelligent. Il voulut montrer à son père qu'on pouvait fort bien gagner de l'argent sans développer autant d'agitation, et compromettre le plaisir de vivre de tout son entourage.

Il décida donc d'abandonner ses études et de consacrer tout son temps à participer aux divers concours et jeux lancés par les journaux ou les radios. C'était un garçon inventif, méthodique, bien documenté, si bien que peu à peu il parvint à gagner presque autant d'argent que son père ! Loin d'en être satisfait, le père fut tout d'abord affolé. Bien volontiers son fils l'accompagna chez le médecin, le psychologue, le psychanalyste, pour discuter de son problème. Le père prit peu à peu conscience qu'il tenait avant tout à ce plaisir indéfinissable qu'il tirait de son « travail » et qui était bien plus stimulant pour lui que l'argent. Seule la culpabilité d'éprouver tant de plaisir sans y faire participer sa famille, expliquait sa mauvaise humeur et son énervement. C'est ce plaisir qu'il aurait voulu transmettre à son fils quand il le poussait à faire des études. Après cette grande explication, les choses se clarifièrent peu à peu dans l'esprit de chacun. Le père poursuivit son activité professionnelle qui tantôt lui rapportait, tantôt lui coûtait de l’argent, et personne ne lui en faisait reproche. Le garçon revint à ses études, passa brillamment le concours d’entrée dans une grande école scientifique, décrocha son diplôme, et fit une belle carrière ... d’acteur !

Preuve qu’il a parfaitement assimilé l’essentiel du message paternel. Quant au père, il a pu formuler ce message de façon intelligible une fois que son fils lui eut appris qu’il est indispensable de prendre au sérieux et d’assumer ce qu’on sent être vrai, au fond de soi.

D’autres parents tirent leur bénéfice non pas du travail, mais du fait même de travailler. C’est le fait de « travailler », ou d’« être au travail » qui produit le plaisir. Tel père se plongeait dans son travail — relativement fastidieux — pour se mettre à l’abri d’une épouse particulièrement fatigante. Tel autre recourait au même stratagème pour échapper à tout service qu’on aurait pu lui demander.

Citons également le cas de ce parent inquiet et peu sûr de lui, qui ne se sentait respecté qu’en tant que travailleur, soutien-de-famille ; aussi peu à peu son travail finit par envahir tous les domaines de la vie familiale.

D’autres parents prétextent de leur travail

pour s'assurer quelques moments de solitude, ou pour pouvoir sortir sans avoir à donner d'explication, ou pour cultiver des fréquentations que leurs enfants pourraient désapprouver. Souvent on retrouve à la base un besoin intense d'échapper aux contraintes et à la discipline familiales. Nous pensons qu'il s'agit là d'un désir tout à fait légitime et compréhensible que le parent pourrait reconnaître sans détour. Mais il n'est pas dans la nature du parent de reconnaître quoi que ce soit sans détour. Nous avons vu qu'un beau mensonge lui paraît toujours plus vrai que la vérité toute simple.

Citons encore ces parents qui se servent de leur travail comme d'un bastion contre l'angoisse qu'éveille en eux tout moment de liberté pendant lequel n'importe quoi pourrait leur arriver, de l'extérieur ou — surtout — de l'intérieur. L'enfant peut apporter beaucoup à son parent dans cette situation. Il peut aller le chercher dans sa forteresse et lui ouvrir de nouveaux horizons, en restant près de lui pour éviter qu'il ne soit submergé par l'angoisse. Il peut aussi lui apprendre à oser s'ennuyer jusqu'à ce qu'une idée vraiment valable surgisse.

Bien sûr, il faut du courage à un enfant pour aller déranger délibérément son parent au travail, encourant le reproche d'être inconscient, ingrat, irresponsable, irrespectueux, etc. Mais si l'intervention réussit, il sera récompensé de ses efforts par l'épanouissement et les progrès de son parent. Et quoi de plus réjouissant pour l'âme d'un enfant affectueux que le sourire heureux d'un parent « qui a le temps » !

Il y a encore le cas du parent véritablement avide d'argent qui ne peut simplement pas supporter de ne pas rentabiliser la totalité de son temps. Chacun de ses instants doit correspondre à une rentrée ou à une économie d'argent. La possession de l'argent a pris pour ces parents la place de tout ce qui est bon dans la vie, et il est terriblement difficile de leur faire remettre en cause une échelle de valeurs aussi simpliste et primitive. Les meilleurs parmi eux deviennent alors ces parents riches qui essaient de compenser leur défection par des dons divers, ou de payer quelqu'un d'autre pour faire à leur place le travail de parent.

Ces situations sont souvent très rigides et déjà solidement structurées à l'arrivée de l'enfant. Selon notre expérience, seuls les enfants qui osent intervenir avec beaucoup de résolution et une certaine brutalité ont pu obtenir des résultats. Un drame véritable, ou une situation habilement dramatisée peuvent éventuellement ébranler cette structure. Nous connaissons un cas où l'enfant a essayé de ruiner le parent pour l'obliger à découvrir de nouveaux plaisirs pour se consoler. Il y a assurément quelque chose à tirer de cette idée ; cependant dans le cas cité le parent ruiné a remplacé la consommation d'argent par une consommation tout aussi immodérée d'alcool ... Aussi nous mettons en garde nos lecteurs contre ces moyens violents dont la maîtrise risque de leur échapper.

Mais il ne faut surtout pas croire que la vie professionnelle soit un aspect entièrement négatif du parent. Elle oblige l'enfant à consentir à certains sacrifices, mais il en sera récompensé d'un autre côté. La profession, le travail, c'est la vie privée du parent. C'est ce qui lui permet de ne pas être totalement dépendant de son enfant ; c'est ce qui lui permettra de se recycler plus tard quand son enfant ne pourra plus le soutenir en permanence. Par ailleurs, le parent fait ainsi l'expérience qu'une vie privée est quelque chose d'indispensable pour un bon équilibre, et il sera plus enclin à respecter celle de son enfant.

Nous pouvons donc conclure que le travail du parent, s'il est bien compris et pratiqué avec mesure, est un facteur de développement de la personnalité, et un moyen pour assurer l'indépendance du parent et l'empêcher de se rouiller quand l'enfant cesse de s'en servir tous les jours.

*

* *

L'évolution du parent

L'objectif le plus ambitieux de tout enfant soucieux de donner une bonne éducation à son parent, c'est d'en faire un adulte. En fait, bien peu y parviennent. Un des obstacles majeurs, c'est l'ambivalence du parent lui-même quant à son désir de devenir adulte.

En effet, le plus cher désir de bon nombre de parents c'est de redevenir enfants. Ils se font de l'état d'enfant un tableau idyllique : l'enfant vivrait dans un univers d'insouciance et d'irresponsabilité, bercé par l'amour et la tendresse d'un entourage affectueux et dévoué. Cependant, le refoulement des souvenirs n'est jamais suffisamment total pour que le parent puisse maintenir sa foi intacte. Ses doutes transparaissent même dans les expressions les plus usuelles : quand un parent vieillit sans devenir adulte, quand il devient grognon, irascible, revendicateur, égoïste, tout le monde dit qu'il « retombe en enfance ».

Peut-être est-ce ici le lieu de définir quelques termes d'usage courant. Il y a des enfants jeunes et vieux. Dès leur puberté, les enfants peuvent devenir des parents, mais ne le deviennent pas nécessairement. Certains ne le deviennent jamais. Avec le temps, ils deviennent des grandes personnes. Certaines grandes personnes deviennent adultes, d'autres deviennent simplement vieilles. De vieilles grandes personnes peuvent avoir des enfants adultes. Comme vous voyez, la situation est extrêmement complexe et mériterait une étude à part.

Bref, il faut favoriser de son mieux la maturation du parent, sinon il ne sera qu'une simple « grande personne » de plus en plus décrépite, mais jamais un adulte. Il semble que ce soient les enfants adolescents qui se chargent le plus volontiers de cette partie du travail d'éducation. Il s'agit essentiellement d'ébranler les structures sclérosées dans lesquelles le parent tend à s'enfermer dès qu'on cesse de le stimuler. Pour permettre au parent de garder la mobilité nécessaire, l'enfant se fait alors source de difficultés permanentes sur tous les plans : affectif, moral, intellectuel, matériel. Toutes les couches sont mobilisées, remaniées, assouplies. C'est un travail énorme, épuisant, qui engage toute l'énergie de l'enfant. Dans bien des cas, c'est aussi un peu décevant. En effet, le parent ne se rend généralement pas compte du mal qu'on se donne pour lui, et n'en a aucune reconnaissance. Il arrive qu'il se rebiffe, ou même qu'il réagisse par une attitude quasi paranoïde. Seuls les enfants qui sont prêts à payer de leur personne doivent entreprendre ce travail ingrat.

Comme exemple clinique, nous vous rapporterons ici le cas d'une famille suisse, très bourgeoise, très conventionnelle, dont tous les membres étaient pris dans le béton armé de moules sociaux immuables, aggravés par des traditions familiales particulièrement rigides.

A 15 ans, l'aîné des garçons, enfant modèle sans problèmes apparents jusque-là, fit une anorexie grave et dut être hospitalisé. Les médecins imposèrent un isolement rigoureux, y compris l'interdiction de communiquer avec ses parents.

Les deux parents furent extrêmement affectés par la maladie de leur fils. Le père s'enferma encore plus étroitement dans ses habitudes de vie figées, mais la mère se mit à penser... et à rêver. Ses pensées l'amenèrent à prendre conscience de la rigidité extrême de la structure familiale ; en effet, tout y était rigoureusement défini : la place et le comportement de chacun, les sujets de conversation autorisés, les désirs licites, et même le régime alimentaire (végétarien et macrobiotique). Quant aux rêves, elle pouvait les classer dans deux catégories : des rêves d'angoisse mettant en scène d'horribles catastrophes morcelantes et mutilantes dont étaient victimes ses enfants et en particulier ses deux garçons, et des rêves érotiques échevelés comportant des situations particulièrement choquantes pour cette dame raffinée, et des partenaires extrêmement surprenants.

Au cours de l'année qui suivit, la mère réussit à élaborer peu à peu toutes ses découvertes, tandis que son fils progressait rapidement vers la guérison.

L'année suivante, le fils aîné, complètement guéri, tenta le concours d'entrée dans une grande école française, réussit brillamment, et vint s'installer à Paris pour la durée de ses études.

Cette même année le fils cadet, âgé alors lui-même de 15 ans, commença à manifester une désaffection croissante pour toute espèce d'activité. Les distractions le fatiguaient autant que les études. Il souffrait de migraines violentes, de bronchites tout l'hiver, de troubles digestifs tout l'été. Il restait au lit trois jours sur sept, fuyait les contacts et refusait de quitter ses parents d'une semelle, même pendant les vacances. La mère conduisit son fils chez le psychothérapeute, avec l'accord réticent du père qui préférait rester en marge de l'entreprise. Le garçon opposa au traitement un refus poli, mais ferme. Il fit tant et si bien, que la mère entreprit une psychothérapie de son côté tandis que la sienne était interrompue.

Quelque temps après, l'aîné des garçons revint à la maison, et une alliance tacite s'établit entre les trois hommes de la famille pour favoriser le traitement de la mère. Sous aucun prétexte ils ne lui permettaient de manquer une séance. Au besoin, le fils aîné la conduisait lui-même à la ville en voiture.

Le père se mit à encourager sa femme à prendre elle-même le volant. Malgré sa terreur des examens, elle obtint son permis de conduire. Au début, elle se contenta de faire ses courses au village, puis commença à se risquer de plus en plus loin, y prit du plaisir, et son mari décida de lui acheter une voiture personnelle.

Entre-temps, la santé du fils cadet s'était dégradée au point qu'il ne pouvait pratiquement plus suivre la classe. Lorsque la situation sembla définitivement au point mort, il prit soudain une décision étrange. Il décida en effet d'abandonner ses études et de devenir cuisinier, comme un lointain oncle maternel qui le recevait parfois pour les vacances. C'était un homme simple, réjoui et heureux de vivre, un peu méprisé par cette famille d'industriels calvinistes compassés, très soucieux de leur rang social. Le garçon ne s'adressa d'ailleurs pas à son oncle, mais trouva un place d'apprenti dans un hôtel de la région. Dès lors, il se leva tous les jours à 5 heures du matin, pour se rendre au travail en mobylette, par tous les temps ; il n'eut plus jamais ni migraines, ni angines, ni troubles digestifs, et ne manqua jamais un seul jour de travail.

La mère, d'abord affolée par ce choix, se rasséréna peu à peu ; voyant que ses enfants n'avaient plus besoin de ses soins constants, elle se mit à s'occuper d'elle-même. Devenue mobile grâce à sa voiture, elle circula dans le pays et noua une surprenante liaison avec son garagiste. Celui-ci lui révéla ce que pouvait être une vie sexuelle digne de ce nom. Cette dame qui, en dépit de son aventure, aimait tendrement son mari, désirait le faire bénéficier de sa nouvelle science, mais craignait de choquer ce puritain invétéré qui avait toujours fait preuve de la plus extrême réserve dans le domaine sexuel. Elle fit de timides essais. Il fut surpris, mais agréablement. Dès lors, ils continuèrent leur apprentissage en commun.

Les deux garçons, sentant que leurs deux parents n'étaient plus aussi exclusivement dépendants d'eux, de leurs états d'âme, de leur état de santé, mais qu'ils paraissaient bien lancés dans une vie privée active, riche et intéressante, les décidèrent à faire un voyage à deux en Italie. Eux-mêmes se réjouissaient de rester seuls responsables de la maison et de leurs jeunes sœurs pour la première fois de leur vie, et de faire l'expérience de leur propre indépendance. Les parents acceptèrent de tenter cet « examen de fin d'études » et, six semaines plus tard, revinrent heureux et bronzés, ayant en poche leur C.A.P. d'adultes confirmés.

*
* *

Le parent vu par lui-même

Nous constatons que le parent tend à se faire de lui-même une image assez complaisante. Les pères sont puissants, protecteurs ; les mères sont dévouées, infiniment aimantes. Deux journées de l'année ont été entièrement consacrées à cette autoglorification : la fête des mères et la fête des pères. Ces jours-là, les enfants sont tenus à offrir au parent divers cadeaux et attentions.

Lorsqu'ils se montrent peu disposés à sacrifier volontairement à cette obligation, des grandes personnes sont désignées pour les conseiller et les guider.

Bien sûr, nombreux sont les enfants qui éprouvent une réelle tendresse pour leurs parents et ne voudraient pour rien au monde les décevoir en un jour où ils attendent si ardemment d'être à l'honneur. Aussi leur offrent-ils de bonne grâce les menus cadeaux et les fleurs qui font leur bonheur et ils se réjouissent eux-mêmes à la vue de leur joie naïve.

Certes, un enfant ne dispose pas toujours de temps et d'argent en suffisance pour fabriquer ou acquérir un cadeau propre à réjouir son parent. Souvent il doit faire preuve de prévoyance et de beaucoup d'imagination. Nous avons connu un petit garçon de cinq ans qui s'est constitué une tirelire des mois à l'avance pour satisfaire l'attente de sa mère le jour de la fête des mères. Comme ses revenus étaient extrêmement modiques, le jour venu sa fortune se trouva entièrement constituée de pièces de 1 et de 2 centimes. Comptant faire ses achats en rentrant de la maternelle, il versa le tout dans son béret — coiffure qui était très à la mode à cette époque — et confia sa bourse improvisée à la maîtresse pour la durée de la classe. Un peu surprise, celle-ci lui demanda ce qu'il avait l'intention de faire avec tous ces centimes Le garçon lui fit part de son projet, et précisa que l'objet choisi pour le cadeau devait être une balle de ping-pong, voire plusieurs, si la somme le permettait. Puis il ajouta, faisant ainsi preuve à la fois d'un sens esthétique raffiné et d'une connaissance poussée des mécanismes de l'économie : « C'est beau et c'est pas cher »...

Certains enfants pensent qu'il ne faut pas contrarier la tendance du parent à l'autoglorification. Il en a besoin, et s'encourage ainsi lui-même à mieux remplir son office. Certains enfants parviennent même habilement, en une seule et même phrase, à flatter la mégalomanie du parent tout en mettant gentiment en évidence ce qu'elle peut avoir d'exagéré. Ainsi une petite fille interpellant son père un jour de grisaille : « Papa, allume le soleil ! »

Le parent laisse volontiers entendre qu'il sait tout, connaît toutes les réponses à toutes les questions. La mécanique, l'histoire, les lois naturelles, etc., rien ne lui échappe. Il se fait même, auprès de son enfant, l'interprète de la volonté de Dieu. Et quand un événement déplaisant ou incompréhensible le laisse à court d'interprétations, il préfère déclarer que les voies du Seigneur sont impénétrables, plutôt que d'avouer qu'il est incapable de les pénétrer.

Un parent rabbin, qui par ailleurs avait réussi à communiquer à son petit garçon une image tout à fait honorable de Dieu, voulut sans doute lui laisser entendre, pour augmenter son propre prestige, que Dieu le tenait au courant des plus infimes mesures que les circonstances l'amenaient à prendre. Ainsi les règles morales se trouvaient-elles mêlées à des recettes culinaires et autres détails de l'économie domestique. Certains jours, il était interdit d'allumer la lumière ou de décrocher le téléphone, en d'autres occasions il ne fallait pas manger de pain, etc. Tous ces interdits apparemment mineurs étaient assortis de menaces disproportionnées. Cet état de choses paraissait quelque peu incohérent au garçon qui en éprouva une très grande perplexité. D'autant plus qu'il s'était fait une image plutôt favorable de Dieu et qu'il avait grande confiance en son père. Il décida de mettre Dieu à l'épreuve. Un vendredi soir — moment sur lequel soi-disant Dieu a véritablement concentré les exigences tatillonnes — il s'enferma dans le cabinet attenant au vestibule, prit son courage à deux mains et alluma la lumière. Dieu ne se manifesta point. Evidemment, il pouvait penser que le garçon avait heurté le commutateur par mégarde. Aussi fallait-il pousser l'épreuve plus avant. Il décrocha le téléphone et, le cœur battant, composa le numéro de l'horloge parlante. Il n'y eut ni tonnerre ni tremblement de terre, ni même une simple panne, pourtant si fréquente en temps ordinaire. L'horloge parlante, comme si de rien n'était, lui donna l'heure exacte ! Le garçon ne voulut en tirer aucune conclusion hâtive et pendant des semaines il resta dans l'expectative, attendant la catastrophe. Il la souhaitait presque, par amour de son père. Mais peu à peu il fallut se rendre à l'évidence : il n'allait pas y avoir de catastrophe, sauf celle subie par la crédibilité du père. Dieu s'en tira plutôt à son avantage : au lieu d'adopter un comportement tatillon et hargneux il s'était montré résolument amical et compréhensif. Il fallut des années au garçon, et aussi beaucoup d'affection, pour comprendre ce qui avait pu pousser son père à attribuer à Dieu des attitudes aussi mesquines. C'est alors seulement qu'il put lui raconter toute cette histoire sans heurter sa sensibilité, et lui faire accepter, tant bien que mal, sa propre image du monde.

*
* *

La fonction du parent

D'après une vieille légende, Dieu a crée le parent pour servir l'enfant avec dévouement et fidélité. Si les idées concernant la fonction du parent n'ont pas varié quant à l'essentiel, les théories sur l'origine du parent ont, elles, beaucoup évolué.

Certains prétendent que le parent descend du singe. Certes, la ressemblance est frappante. Cependant, il y a aussi une ressemblance certaine avec l'enfant. Aussi de nombreux chercheurs soutiennent, avec d'excellents arguments à l'appui, que le parent descend de l'enfant. D'autres affirment, sur la base d'arguments tout aussi solides, que c'est l'enfant qui descend du parent. Ces deux thèses apparemment contradictoires pourront peut-être se concilier un jour, à l'aide d'une meilleure compréhension des propriétés de l'espace-temps. Quoi qu'il en soit, la controverse est en cours, et il est impossible de se prononcer définitivement dans l'état actuel des choses.

Mais revenons à la fonction du parent.

Peu à peu, il a fallu se rendre à l'évidence que le dévouement, la docilité, la fidélité, l'amour du parent ne pouvaient pas être des fonctions, puisqu'il s'agissait de choses qui ne pouvaient pas être exigées. Bien sûr, l'enfant est en droit d'espérer que s'il traite son parent avec amour et considération cela lui sera payé de retour. Mais par fonction nous entendons quelque chose de bien plus simple, de bien plus concret.

Tout au début, la fonction du père est de faire en sorte que le spermatozoïde soit délivré au bon moment et à la bonne adresse ; la fonction de la mère est de ménager une entrevue entre le spermatozoïde et l'ovule qui s'est porté volontaire, en veillant à ce qu'elle ait lieu dans des conditions confortables.

La fonction suivante consiste à assurer au fœtus le logement, le couvert, le chauffage et les transports. Le contrat doit porter sur toute la durée nécessaire à la maturation du fœtus. Selon l'usage établi, cette durée est généralement de 9 mois. Cependant, des dérogations peuvent être accordées, si les circonstances l'exigent. Jusqu'à la naissance, cette fonction est assumée pour l'essentiel par la mère, mais la qualité des services dépend largement de la coopération plus ou moins compétente et assidue du père.

Après la naissance, il est indispensable que quelqu'un continue à remplir ces fonctions pendant un certain temps, mais pas nécessairement les parents. Les parents disposent du droit de grève et il y a un certain nombre de refus et d'abandons de poste, volontaires ou involontaires.

On peut donc estimer que les fonctions proprement dites du parent prennent fin au moment de la naissance. Toutefois, nous avons constaté que si le parent peut continuer à assumer volontairement ses fonctions au-delà de ce délai, tout le monde s'en trouve mieux. Nous pensons que la prolongation du fonctionnement parental dépend essentiellement d'une utilisation judicieuse du parent par l'enfant depuis le tout début. Le rodage du parent est très délicat ; il faut veiller à ce qu'il ne manque de rien, le traiter avec ménagements, ne pas le pousser au-delà de ses capacités de performance et entreprendre immédiatement des vérifications quand quelque chose ne tourne pas rond. Un parent bien entretenu fonctionne sans accrocs et s'avère pratiquement inusable. Bien sûr, il ne faut pas en déduire qu'il est éternel. Mais quand il cesse de fonctionner, ce n'est pas par usure, mais par extinction.

Le parent a aussi une autre fonction, plus complexe, que nous appellerons fonction de filtre absorbant-dissolvant.

Cette fonction consiste à filtrer la pathologie familiale, dont les effets se transmettent de génération en génération, et d'en absorber et dissoudre la plus grande quantité possible.

Il y a des filtres de bonne et de mauvaise qualité. Les bons filtres assurent à l'enfant une base de départ relativement bien déblayée. Les mauvais ne retiennent quasiment rien et laissent passer des quantités massives de pathologie : l'enfant part alors avec un handicap sérieux et doit attentivement peser ses chances avant de s'engager à naître.

Naturellement, il ne faut pas espérer qu'une succession de bons filtres puisse débarrasser une famille de toute espèce de pathologie. Dans chaque vie individuelle il s'en passe suffisamment pour reconstituer un certain stock. Cependant un filtrage efficace permet à chaque nouvelle génération d'entamer la vie avec de bonnes chances de succès, tandis que des filtrages défectueux répétés peuvent encrasser une lignée au point de l'étouffer complètement.

Cette fonction aussi s'accomplit essentiellement avant la naissance, voire avant la conception. Après la naissance, on pourrait plutôt parler de réparations que de filtrage, qui peuvent être effectuées par d'autres que les parents.

Ce fait a été très finement perçu par une jeune femme qui, après une jeunesse plus qu'orageuse, a enfin réussi, la trentaine passée, à se stabiliser et à remplacer une longue succession de liaisons d'intérêt par un mariage d'amour. Enceinte peu de temps après, elle alla retrouver l'analyste qu'elle avait fréquenté quelques années auparavant, pour reprendre, ensemble, un certain nombre de problèmes et essayer de les régler avant la naissance de l'enfant. Elle estimait, à juste titre, que c'était au moins aussi important, sinon plus, que de préparer le berceau et la layette.

Voici l'histoire d'un cas que nous avons pu suivre sur plusieurs générations et qui permet d'observer la fonction de filtre du parent.

De génération en génération, les femmes de cette famille vivaient des situations d'abandon et infligeaient elles-mêmes un abandon à leurs enfants. L'essentiel de la pathologie de ces femmes était organisé autour de l'angoisse d'être abandonnées et l'incapacité d'être vraiment présentes pour leurs enfants. Elles avaient très peur de ne pas savoir gagner l'amour des autres, et de ne pas non plus savoir aimer.

La première de ces femmes dont nous sachions quelque chose s'appelle Madame P. Nous savons qu'elle est restée veuve très jeune, avec trois filles, vers les années 1890.

A l'époque, il était impensable qu'une bourgeoise travaille, et Mme P. dut se débattre dans d'énormes difficultés financières. Puis sa fille aînée se maria, et peu après, la seconde mourut de tuberculose. La cadette, Gisèle, avait 15 ans à l'époque. Mme P. ne sut imaginer qu'une seule issue à ses problèmes : elle maria Gisèle à un cousin aisé, âgé de 32 ans à l'époque et pour qui la jeune fille n'éprouvait aucun sentiment.

Gisèle avait donc été abandonnée au moins trois fois : par son père qui était mort, par sa mère qui l'avait abandonnée à un homme plus âgé qu'elle, en échange de leur entretien à toutes les deux, et abandonnée aussi peut-être par le partenaire qu'elle s'était imaginé et qu'elle aurait pu aimer. Enfin, son mari la laissait aussi dans un certain abandon : il avait déjà sa vie bien structurée avant son mariage et n'y changea pas grand-chose en se mariant.

Puis Gisèle eut trois enfants en trois ans, deux filles et un garçon, et tomba gravement malade. Sa seconde fille, Catherine, était une enfant pâlotte et fragile, très accrochée à sa mère. Aussi, quand celle-ci dut partir en sanatorium, elle confia deux de ses enfants à sa sœur aînée, et emmena Catherine avec elle. Mais elle était vraiment très malade, plusieurs fois on la considéra comme perdue, et elle était tout à fait incapable de s'occuper de sa fillette.

La petite Catherine, âgée de deux ans et demi, passa plusieurs mois dans la terreur et l'abandon, traînant dans des couloirs d'hôpital où sa mère se mourait derrière des portes fermées, avec les médecins et les infirmières qui conféraient gravement dans les coins ou se précipitaient dans les couloirs, des linges sanglants et des appareils compliqués à la main.

L'enfant que sa mère voulait ménager avait tout perdu : sa mère, son père, ses frère et sœur, sa maison. Lorsque la situation devint intenable, les médecins renvoyèrent Catherine auprès de son père. Le père n'avait jamais prêté beaucoup d'attention à ses enfants et se trouva très embarrassé. Il engagea une gouvernante, sans même l'examiner de très près. La malchance voulut que Mademoiselle B. fût une malade mentale ayant une sœur, malade elle aussi et internée dans un hôpital psychiatrique.

Entre-temps, la jeune Gisèle s'était un peu remise. Au sanatorium elle rencontra un jeune architecte. Ils se plurent, tombèrent amoureux l'un de l'autre, et Gisèle demanda le divorce. Son mari en éprouva beaucoup de ressentiment et n'accepta qu'à condition de garder les enfants en interdisant à leur mère de les voir. Ce fut une décision très difficile à prendre pour Gisèle, qui finit par accepter les conditions de son mari, bien résolue à ne pas les respecter.

Les enfants restèrent avec leur père et Mlle B. pendant dix ans ! Le père n'était pratiquement jamais là, il voyageait beaucoup et n'avait guère de contact avec les enfants. Tous les dimanches, Mlle B. les emmenait à l'hôpital psychiatrique pour rendre visite à sa sœur. Mais tous les jours de la semaine, Gisèle était devant l'école où allaient ses enfants, en fiacre fermé pour que personne ne la reconnaisse. Elle les suivait ainsi de l'école à leur maison, en leur parlant par la fenêtre. Elle avait également pris contact avec le médecin de la famille qui la tenait au courant de tout ce qui concernait ses enfants. Elle vivait maintenant dans une belle maison, très heureuse en ménage. Elle avait également une vie professionnelle riche et féconde : chose rare pour une femme à son époque. Il lui fut insupportable de voir ses enfants malheureux et lorsque l'aînée des filles fut en âge de prendre des décisions, elle entreprit avec elle, par l'intermédiaire du médecin de famille, de préparer le départ illégal des trois enfants que son deuxième mari était très heureux d'accueillir.

Ainsi, un jour, les enfants ne rentrèrent pas chez eux en sortant de l'école, mais allèrent chez leur mère. Mlle B. fit une crise de folie et alla menacer avec un pistolet le médecin de la famille qui dut sauter par la fenêtre — du rez de chaussée — pour se sauver ! Quant au père des enfants, il ne fit absolument rien pour les récupérer : ils ne le revirent plus jamais. Ils ne surent jamais quand ni où il mourut. Ce fut un abandon total et massif.

Dès lors, Gisèle et son nouveau mari ménagèrent une vie très heureuse, riche et colorée aux trois enfants qui tous devinrent des personnages remarquables dans leur domaine.

Gisèle avait donc fait son possible pour filtrer une partie du problème d'abandon et d'angoisse qui pesait sur la famille. Elle a survécu au lieu de mourir comme son père, elle a réussi à construire un foyer chaleureux et à y intégrer ses enfants avec lesquels elle n'a jamais perdu le contact affectif. Cependant le prix à payer avait été lourd, et les trois enfants étaient marqués par ce qu'ils avaient vécu, notamment Catherine.

Donc Catherine, comme ses frère et sœur d'ailleurs, reprit le travail de filtrage commencé par sa mère. Après une adolescence craintive et un peu effacée, elle devint une jeune femme épanouie et très entourée à partir de ses vingt ans. Elle entama une vie professionnelle jalonnée de succès, fit un mariage d'amour et eut une fille, Marie. Tout au long de sa vie, elle entretint avec son mari et sa fille une relation très particulière : elle les aimait tendrement pendant un certain nombre de mois, puis partait en voyage pendant plusieurs mois, le plus loin possible, pour travailler. Elle était bourrelée de remords, était terrifiée à l'idée d'être incapable d'aimer vraiment, craignait que son mari et sa fille finissent par lui en vouloir au point de la rejeter un jour.

Puis elle revenait, se mettait en quatre pour faire plaisir à sa famille, séduisait tout le monde ... et repartait. Elle était un exemple parfait de parent à éclipses. Mais elle fut aussi un filtre très efficace. Malgré ses éclipses, elle sut maintenir un foyer stable, affectueux, sûr. Elle sut entretenir avec son partenaire une relation suffisamment intense et chaleureuse pour que celui-ci sache rester présent pour leur enfant quand elle-même ne le pouvait pas.

La fille de Catherine grandit à son tour, se maria et eut une fille : Suzanne. Marie avait souffert des éclipses de sa mère, mais celle-ci lui avait donné suffisamment de sécurité pour que peu à peu la colère vienne, dans une certaine mesure, remplacer l'angoisse. Pas entièrement cependant : elle resta très longtemps dépendante de ses parents, incapable de s'éloigner de son foyer. Lorsqu'elle se maria, elle transporta sa dépendance affective de ses parents à son mari ; elle ne pouvait absolument pas s'éloigner de lui.

Lorsque Suzanne naquit, il se produisit une évolution curieuse : environ deux ans plus tard, Marie, qui avait toujours travaillé avec son mari, prit un travail indépendant qui l'obligeait à quitter son foyer pendant deux jours par semaine ... Suzanne restait avec son père et diverses jeunes filles, plus ou moins douces et capables ! Cette organisation resta en vigueur pendant près de dix ans, entraînant son cortège de culpabilités et de malaises. Suzanne n'échappa pas entièrement à l'angoisse, cependant elle parvint à exprimer son mécontentement avec une force et une netteté croissantes.

La situation prit fin un jour où Marie fit part à un de ses oncles de son intention de remplacer son emploi en province par un emploi ... dans une autre province. L'oncle s'exclama l'air navré : « Tu ne peux donc pas rester un peu tranquille avec ta fille ? Faut-il absolument que tu lui refasses ce que ta mère t'a fait ? » Marie en eut un choc et cessa ses voyages. Cependant, elle aussi avait accompli sa part du travail de filtrage. Suzanne n'a pas encore d'enfant ; mais ce qui reste du problème de la jeune veuve de 1890 est maintenant entre ses mains.

Dans cette histoire nous avons négligé l'aspect pédagogique pour mieux mettre en évidence le mécanisme du filtrage. Cependant chacune des petites filles de cette lignée a essayé d'agir sur sa mère avec les moyens à sa disposition, amenant progressivement une mère après l'autre à prendre conscience de ce qui est nécessaire à un être humain pour avoir envie de vivre et pouvoir y prendre plaisir. Aucune n'a démissionné de son poste, même pas Gisèle qui était pourtant bien près de le faire lorsqu'elle faillit mourir à 20 ans.

*
* *

Le matériel pédagogique

Tout, ou presque tout, peut servir de matériel pédagogique dans l'éducation du parent, à condition d'être judicieusement employé. N'importe quel objet animal, végétal ou minéral, animé ou non, peut véhiculer des messages éducatifs.

Il y a toutefois un matériel de choix, car l'enfant l'a toujours sous la main, pour ainsi dire : c'est le corps même de l'enfant. C'est un matériel concret, souple, et fortement investi par le parent, aussi y est-il particulièrement sensible. Il permet par ailleurs d'épargner aux oreilles pudiques du jeune parent certaines expressions trop directes ou trop crues qui pourraient choquer sa sensibilité. L'appareil digestif peut exprimer avec élégance et concision des messages dont la traduction verbalisée serait : « Tu me fais chier », « tu m'emmerdes », etc. L'appareil respiratoire : « tu me pompes l'air », ou la peau : « tu me pèles le ventre ».

Des symptômes à peine ébauchés suffisent pour rappeler à l'ordre un parent attentif : quelques régurgitations ou diarrhées passagères, petits boutons ou rhume léger. Mais certains parents particulièrement obtus obligent l'enfant à insister lourdement et à produire des manifestations physiques qui ne sont pas sans danger pour lui.

Maintenant, il faut aussi reconnaître qu'il y a des enfants qui ont le goût du drame et choisissent délibérément des moyens bruyants et spectaculaires de préférence aux actions plus discrètes.

Voici l'histoire d'une éducation particulièrement difficile, accomplie, entre autres, à l'aide d'un matériel corporel extrêmement varié qui, malheureusement, s'est terminée par un semi-échec. Il s'agit d'un petit garçon qui assumait seul la charge d'un père et d'une mère difficiles. La mère était hyperanxieuse et tyrannique, le père autoritaire, têtu, impatient, taciturne. De plus, ils s'entendaient fort mal entre eux et semblaient prendre plaisir à se contrarier mutuellement. L'enfant devait donc travailler avec l'antagonisme de ces deux personnages incommodes, tout en tenant compte des particularités caractérielles de chacun.

Dès le berceau, le père voulait « endurcir » son fils par un traitement rude et sans ménagements. Il n'en fallut pas plus pour que sa mère l'entoure de soins anxieux, redoutant pour lui le moindre coup de vent, la moindre petite privation. Dans les premiers temps ce fut elle qui l'emporta, et l'enfant vécut les premières années de sa vie emmitouflé comme un oignon et gavé comme une oie. Il engagea le processus éducatif par quelques rhumes et refroidissements sans gravité, pour montrer à sa mère l'inanité de ses précautions excessives. Ce fut peine perdue. Le garçon dut alors se montrer plus explicite : il fit des angines à répétition, une série d'otites puis, au bout de plusieurs mois d'efforts inutiles, il eut de l'asthme. Par ailleurs, son tube digestif se révoltait contre les nourritures trop riches et trop abondantes et les rejetait par le haut et par le bas : l'enfant suralimenté ne prenait presque pas de poids et sa taille restait inférieure à la moyenne de son âge. La mère refusa de s'avouer vaincue et s'obstina à nourrir et à couvrir son enfant fragile et chétif que le médecin visitait au moins une fois par semaine. A mesure que le temps passait, le père commença à montrer de plus en plus d'humeur devant les agissements de sa femme, que le développement difficile de l'enfant paraissait désavouer. Il trouvait la méthode inefficace et de plus, fort coûteuse. Or c'était un paysan économe, près de ses sous, qui considérait d'un fort mauvais œil les sommes englouties dans des traitements aussi variés qu'inutiles.

Le garçon comprit que son père était maintenant mûr pour entrer en action. Après avoir accordé le premier round à sa mère il estima que le tour du père était venu. Jusqu'alors, il avait été un enfant maladif et chétif. A présent, il se mit à grandir et à grossir. Il se mit à manger énormément, à dévorer avec plaisir ce que sa mère jusque-là devait lui enfourner de force, et vers 7-8 ans il devint franchement obèse ! C'est comme s'il avait condamné sa mère aux travaux forcés et mis son père à l'amende.

En effet, la mère, pour subvenir aux besoins vestimentaires et alimentaires de son fils, tricotait, cousait, cuisinait du matin jusqu'au soir. Quant au père, il devait débourser bien au-delà de ce que lui avaient coûté le médecin et les médicaments. Cette fois, le traitement produisit son effet : le père décida de rentabiliser cet enfant si coûteux et, malgré les protestations de la mère, le mit au travail dans le jardin et aux champs.

Le garçon manifesta du goût pour la culture et pour les efforts physiques en général et sa santé s'améliora de façon spectaculaire. La mère en éprouva tout d'abord du plaisir, mais qui, peu à peu, se mua en dépit. Il était à prévoir que sous peu elle allait tenter une action. En prévision de l'imprévisible, le garçon se constitua une réserve : il resta obèse. En même temps il faisait comprendre à son père qu'il n'avait pas remporté une victoire totale et définitive. Celui-ci voulait que son fils soit un « dur ».

Le résultat dépassa tous les espoirs. L'enfant craintif et obéissant devint un chenapan agressif et rusé qui enfreignait allégrement toutes les règles et toutes les conventions, à l'exception du Onzième Commandement : « tu ne te feras jamais prendre ». En effet, sa participation à tous les méfaits commis dans le village était bien connue, mais jamais démontrée. Il fit tant et si bien que la réputation de la famille commença à en pâtir, au grand dam du père qui jouait un rôle éminent dans la municipalité. La mère en profita pour reprendre la direction des affaires : cet enfant était en train de devenir un vrai petit sauvage. Il était grand temps de lui donner une instruction convenable en l'envoyant au collège des Pères, à la ville. Le garçon fit son possible pour équilibrer cette situation délicate et accorder à chacun des parents la quantité de satisfactions dont il avait absolument besoin : il fut un élève brillant mais un collégien malheureux. Au collège il se consolait avec les gâteaux et les confitures que sa mère confectionnait pour lui, et pendant les vacances il retrouvait un peu de sa joie de vivre en allant travailler au jardin.

Mais il s'agissait d'un enfant unique qui portait sur ses épaules toute la charge de deux parents extrêmement difficiles. Il avait consacré toute son énergie à les soutenir, et à les aider à vivre — et la phase d'indépendance s'en trouva gravement compromise, pour eux comme pour lui. Sorti parmi les premiers d'une grande école d'administration, il dut orienter sa carrière vers des postes modestes, et l'y maintenir, pour éviter d'écraser son père qui avait établi toute son assurance sur sa position dans la municipalité du village.

Par ailleurs, sa mère resta toujours la seule femme de sa vie. Comme compagnons, il se contentait d'hommes, généralement médiocres, qu'il méprisait et utilisait essentiellement comme domestiques. Il ne cessait de regretter l'enfant qu'il n'aurait pas et continuait à caresser l'espoir d'obtenir un jour la collaboration désintéressée d'une femme qui lui donnerait un enfant et saurait s'effacer ensuite.

Quant aux parents, ils évoluent inéluctablement vers une vieillesse maussade et acariâtre, sans crises majeures, mais sans aucune satisfaction réelle.

Encore une remarque pour conclure ce chapitre du matériel pédagogique. Bien évidemment, il convient de varier le matériel avec les aptitudes, l'âge et le rythme de développement du parent. S'il s'avère qu'un matériel a été mal choisi, que le parent n'arrive pas l'utiliser correctement, il faut savoir en changer sans s'obstiner. Par ailleurs, il est aussi déconseillé de rejeter immédiatement tel ou tel type de matériel parce que le parent est un peu long à en saisir le mode d'emploi. On risque ainsi de l'affoler, et le rendre méfiant à l'égard de tout ce qui lui sera proposé par la suite.

*

* *

Bref survol de la littérature

Le sujet de cet ouvrage n'a jamais, à notre connaissance, été traité en tant que tel. Cependant, de nombreux écrits en traitent indirectement: Ici et là, on peut découvrir dans la littérature des indications concernant la pédagogie appliquée aux parents, mais il est difficile de les rassembler en une théorie cohérente.

Ecartons d'emblée toute une série d'ouvrages écrits par des grandes personnes et destinés à des enfants. Ces grandes personnes, qui n'ont probablement jamais été des enfants et qui ne peuvent guère prétendre au titre d'adultes, considèrent toute démarche pédagogique visant les parents comme un véritable sacrilège. Leurs personnages, comme eux-mêmes sans doute, sont sourds à tout enseignement. Un des représentants des plus célèbres et des plus prolixes de cette catégorie est la Comtesse de Ségur. Dans ses romans, des personnages schématiques évoluent dans un monde manichéen et leurs aventures se déroulent toujours en parfaite conformité avec la morale en vigueur à l'époque. Personne ne s'y remet jamais en question.

D'autres grandes personnes, adultes ou pas, ont pressenti qu'il y avait là un problème qu'on ne pouvait pas traiter à la légère. Ils ont donc choisi de l'éluder, plutôt que de l'aborder inconsidérément. Leurs personnages sont des fées, des lutins, des géants ou des nains, des poupées, ou encore des orphelins, des enfants abandonnés, ou des animaux surgis d'on ne sait où. Ces êtres sont déchargés de tout souci pédagogique : le problème ne se pose pas. Nous pourrions citer ici d'innombrables contes, du Chat Botté aux Schtroumpfs, en passant par la petite sirène, sans oublier les Hobbits.

Même un auteur beaucoup plus averti des problèmes qui nous préoccupent a pu choisir parfois de les mettre entre parenthèses, comme Mark Twain dans « Les aventures de Tom Sawyer et de Huckleberry Finn ». L'un est orphelin, l'autre abandonné.

Le matériel le plus riche nous vient des livres écrits par des enfants de tous âges et destinés à d'autres enfants de tous âges. Nous nous contenterons de citer les premiers noms qui nous viennent à l'esprit : Dickens, Milne, Marc Bernard, Kästner, Robert Desnos, Thomas Mann, Jules Renard, Romain Rolland, encore Mark Twain, maint auteur anonyme des « nursery rhimes » anglais, et tant d'autres.

Ici encore, comme si souvent, les romanciers et artistes font figure de précurseurs. Leur sensibilité les a amenés à explorer un domaine capital que la science a négligé jusqu'à présent.

Cependant, un certain nombre de scientifiques commencent à s'intéresser à la question. Citons les noms de Ferenczi, Dolto, Winnicott, Mélanie Klein, David Cooper, et quelques autres. Il nous a semblé percevoir chez eux la fraîcheur d'écoute de l'enfant, même s'ils ont dû faire de grands efforts pour s'exprimer dans un langage intelligible pour les grandes personnes.

*

* *

Conclusion

Nous concluons cet ouvrage sans avoir, et de loin, épuisé le sujet. En ce qui concerne l'éducation du parent, la théorie n'en est qu'à ses premiers balbutiements et la clinique cherche encore sous quel angle observer les phénomènes et avec quel outillage. D'un autre côté, la quasi-totalité des observations et remarques faites par les embryons et par les nourrissons échappe à la compréhension de ceux qui n'entendent que le langage verbal. Or cet apport est irremplaçable, car il concerne une phase fondamentale du développement parental.

Tout ce que nous pourrons faire ici sera donc de vous livrer quelques réflexions générales et d'énumérer pêle-mêle un certain nombre de questions que nous avons été amenés à nous poser.

En ce qui concerne l'attitude éducative générale, nous avons acquis la conviction que ce dont le parent a le plus besoin, c'est la sincérité et la bonne foi. Nous pensons que jamais, sous aucun prétexte — même pour ménager sa sensibilité ou pour lui faire plaisir — il ne faut mentir au parent. Cela est d'autant plus difficile, que le parent semble parfois quémander le mensonge. Il n'est pas facile par exemple de résister à la tentation de mettre en scène pour le parent l'enfant qu'il prétend — et croit sincèrement — désirer, même quand celui-ci est parfaitement invraisemblable, inviable, incohérent. Certains enfants ont été amenés ainsi à se déguiser en ours en peluche, poupée, chien ou chat, animal savant ou bête sauvage, en justicier, en victime, voire même en un quelconque objet d'usage courant. Nous connaissons un petit garçon qui a essayé de se déguiser en brosse à dents... D'autres ont fait semblant de changer de sexe ou ne pas en avoir du tout.

Nous pensons que cet excès de complaisance est une erreur et équivaut à tromper le parent. Celui-ci finit par ne plus savoir où il en est et devient incapable de distinguer la réalité intérieure de la réalité extérieure : le contraire du but poursuivi. En effet, il est à craindre qu'un parent traité de la sorte ne reste toute sa vie dépendant de son enfant, ne pouvant développer aucun point de repère personnel.

Nous pensons ici au cas d'un enfant qui s'est fait garçon docile et admiratif pour son père, fils dévoué et serviable pour sa mère. A 40 ans, lorsque son père meurt, il se retrouve avec une profession qu'il n'a pas choisie, dirigeant une entreprise structurée selon la pathologie du père et où l'enfant, tout directeur qu'il est, continue à occuper la place du fils. A la mort du père, la mère vient habiter avec lui et sa famille. Il n'y a plus de place pour sa femme, qui prend la fuite, espérant qu'il chercherait à la rattraper. Encombré de sa mère et de trois petits garçons, l'enfant ne bouge pas. L'éducation de la mère paraît alors sérieusement compromise. Mais l'enfant perçoit le piège où il est en train de s'enfermer avec les siens : il entreprend de restructurer son affaire selon un schéma plus personnel, évitant de justesse la faillite, conquiert une nouvelle épouse, la première ayant perdu patience, achète un petit appartement à sa mère dans un autre quartier. Tout n'est donc pas perdu pour cette vieille dame de soixante et quelques années : elle pourra peut-être reprendre sa maturation et devenir éventuellement un adulte.

S'il est important de ne pas mentir au parent, cela ne veut pas dire qu'on peut lui parler de n'importe quoi, n'importe quand et n'importe comment. Des révélations brutales, des explications mal à propos peuvent déclencher des réactions violentes, agressives, rejetantes ou éventuellement dépressives. Parfois elles ne sont tout simplement pas entendues.

Il faut donc bien choisir le moment et la manière, parfois faire précéder une révélation particulièrement difficile à entendre par une bonne préparation. L'idéal serait naturellement de ne jamais donner une explication avant que le parent ne commence à poser des questions. Toutefois ce n'est pas toujours possible, car certains parents sont tellement timorés que des situations équivoques risqueraient de s'éterniser. Nous citerons l'exemple d'une jeune Anglaise de 16 ans qui avait un petit ami et prenait la pilule. Le père avait tout compris, mais n'osait rien dire ; la mère ne remarquait rien. Cette fille, qui élevait très tendrement ses parents, décida enfin de faire le nécessaire pour clarifier la situation et rétablir une franche communication entre les membres de la famille. Elle procéda par étapes. Elle commença par laisser traîner les ordonnances prescrivant la pilule. Dans un deuxième temps, elle laissa traîner les emballages. Après avoir ainsi préparé le terrain, elle alla se confier au gynécologue de sa mère. Là, ce fut un coup pour rien, car le gynécologue respecta strictement le secret médical. La jeune fille laissa passer quelques semaines, puis aborda le problème ouvertement avec sa mère, l'invitant à voir ce qui se passait devant ses yeux. Un succès mérité vint couronner cette démarche prudente et affectueuse : le petit ami fut reçu dans la famille et parents et enfants préparèrent ensemble le départ des deux jeunes dans un logement indépendant.

Une étape particulièrement importante de

toute éducation destinée aux parents est l'éducation à l'indépendance.

Lorsque le nourrisson recueille le jeune parent plutôt désemparé et décontenancé par la nouvelle situation, il lui fournit tout à la fois un rôle très gratifiant, un emploi stable, un revenu modique mais sûr (dans les pays qui pratiquent les allocations familiales), un passe-temps et de la distraction. Peu à peu le parent s'apaise, s'installe dans ses fonctions, se structure par rapport à elles. Il s'épanouit, prend de l'assurance (certains ont même tendance à devenir autoritaires), s'affaire avec compétence et avec un sentiment manifeste de son utilité et de sa valeur. Quand tout se passe bien, le parent peut donner énormément de satisfactions à son enfant au cours de cette période.

Mais cette évolution positive s'accompagne d'une dépendance croissante. Le parent organise toute sa vie autour de son enfant, s'appuie de plus en plus sur lui, vit et pense en fonction de lui, voire se définit par rapport à lui : il devient alors « père » ou « mère » de famille.

Le jeune enfant peut faire face à la dépendance de ses parents sans que cela lui pose trop de problèmes, car il lui reste suffisamment de temps pour vaquer à ses propres occupations. Mais à mesure qu'il grandit et que sa vie personnelle devient plus absorbante, il ne peut plus consacrer à ses parents autant de temps et d'énergie qu'auparavant. Il est souhaitable que la transition se fasse progressivement, sans brutalité, avec une douce fermeté qui sécurise le parent, mais l'oblige en même temps à prendre conscience du changement qui s'opère. En effet, le moment est venu pour lui de se lancer dans la vie. Pendant cette phase, il est bon de favoriser plus particulièrement tout ce qui peut aider le parent à développer sa personnalité propre : le métier, les activités artistiques, culturelles, sportives, éventuellement politiques, ainsi que la fréquentation de camarades de son âge. Il faut valoriser ses initiatives et montrer de l'intérêt pour tout ce qu'il a pu réaliser par lui-même. Il faut l'encourager à sortir seul, éviter de contrôler ce qu'il fait au cours de ses sorties. On peut également l'inciter à faire des petits voyages, avec son partenaire, des amis, ou même tout seul.

Ainsi le parent peut être progressivement amené à ne plus vivre aux crochets de son enfant, mais à ses côtés ; à avoir lui aussi un but personnel dans la vie, des idées, des lectures, des distractions bien à lui, unc activité créatrice personnelle, toutes choses dont il pourra ensuite discuter d'égal à égal avec son enfant.

L'avenir du parent dépend de la bonne réussite de cette phase éducative. C'est essentiellement là que se jouent ses chances de devenir un véritable adulte.

C'est à l'enfant de trouver le rythme qui convient à chaque parent. Trop de précipitation risque d'éveiller chez le parent le sentiment d'être désavoué, rejeté, mal aimé. Il devient alors amer, déçu, agressif, tout en s'accrochant de plus en plus désespérément à l'enfant dont il se sent abandonné. Il ne se développera jamais en adulte, mais moisira sur place et deviendra un vieillard acariâtre, malheureux, revendicateur et insupportable à lui-même comme aux autres. Par contre, si l'enfant adopte une démarche trop lente, trop timorée, le parent s'installe dans la dépendance comme dans un cocon douillet ; sous une apparence de confort, il vivra une vie rétrécie, inutile, et stérile ; il restera toute sa vie une charge pour son enfant.

*

* *

Chaque enfant a une manière bien à lui de traiter le parent, cependant on peut tenter de décrire quelques styles extrêmes, que dans la pratique on rencontre généralement sous une forme mitigée. Ainsi on peut parler d'un style musclé, pratiqué par des enfants qui mènent leurs parents tambour battant, sans leur laisser le temps de souffler, ni le loisir de se bercer d'illusions. Ce style d'éducation exige de la part de l'enfant beaucoup d'autorité, un jugement rapide et sûr, une évaluation précise des capacités et de la résistance du parent. Il y a également l'école impressionniste, qui procède par touches et par nuances, prépare longuement chaque phase et laisse toujours les parents tirer eux-mêmes les conclusions. Le style flegmatique allie une certaine brusquerie musclée à la patience et au libéralisme impressionniste.

*
* *

Notre brève étude laisse bien des questions sans réponses, et d'autres n'ont même pas pu être formulées. Citons-en quelques-unes pour mémoire :

— Quels critères permettraient de définir avec plus de précision ce qu'est un enfant, un parent, une grande personne, un adulte, un vieux, un jeune.

— Etudier les différents hybrides qu'on

rencontre dans la nature, qui sont par exemple à la fois enfants et parents, adultes et jeunes, vieux et enfants, parents et grandes personnes, etc.

— Il paraît établi que la différence entre pères et mères ne se réduit pas à une différence morphologique. Préciser ces différences.

— Le ou les dieux ont-ils été inventés par des enfants ou par des parents ? Ou inversement ?

— Pourquoi le parent meurt-il, même quand il n'en a manifestement pas envie ?

— Etudier les différents mythes relatifs aux parents, ainsi que les relations familiales extraordinairement complexes qu'on y rencontre généralement et qui pourraient éventuellement éclairer certaines attitudes parentales peu compréhensibles à première vue.

— Pourquoi le parent a-t-il tant d'importance pour l'enfant, même quand il est défaillant, sérieusement détérioré ou hors d'usage, voire malfaisant ?

— Un chapitre intéressant pourrait être consacré aux jeux du parent. En effet, le parent joue énormément, et en général il y met beaucoup de sérieux. Il faut voir avec quel air grave il joue au bridge ou aux échecs, se carre dans un fauteuil directorial avec une secrétaire qui inscrit toutes ses paroles, ou se cramponne au volant de sa voiture. Quand il fait sa partie de boules, quand il plaide au palais de Justice, quand il enfonce un clou dans le mur ou couvre des pages de petits chiffres, il ne fait pas bon le déranger, même pour les choses les plus importantes. Il devient sourd et aveugle à tout et à tous, et certains vont même jusqu'à frapper leurs enfants plutôt que d'interrompre le jeu.

— De même, une étude à part pourrait être consacrée aux jouets du parent. Certains jouets stimulent leurs facultés intellectuelles ou leur habileté, mais d'autres nous paraissent résolument dangereux ou nuisibles.

— D'intéressantes expériences ont été faites avec des parents artificiels, construits avec les matériaux les plus divers, qu'il suffirait de programmer sans avoir à les éduquer. Une discussion sérieuse des résultats s'impose. Les auteurs, quant à eux, sont extrêmement réservés en ce qui concerne cette direction de la recherche. Ils ont l'impression qu'un parent naturel, même de qualité discutable, qu'il soit vivant ou mort, absent ou présent, est quand même toujours plus stimulant pour l'enfant.

Nous comptons sur nos lecteurs pour compléter cette liste et pour apporter quelques débuts de réponses aux questions déjà posées, sur la base de leurs propres recherches.

* Alors que notre ouvrage était déjà sous presse, nous parvient le livre intéressant de Gilbert Rapaille : « Comprendre ses parents ».

Nous ne pouvions passer sous silence un travail dont les préoccupations sont si proches des nôtres. Il s'intéresse plus particulièrement, nous semble-t-il, à une catégorie d'enfants dont la tâche est extraordinairement difficile : les adolescents. Mais les enfants de tout âge pourraient le lire avec le plus grand bénéfice.

Table

RÉALISATION : NORD-COMPO À VILLENEUVE-D'ASCQ
IMPRESSION : BRODARD ET TAUPIN À LA FLÈCHE
DÉPÔT LÉGAL : MAI 2001. N° 89226. (35878)
IMPRIMÉ EN FRANCE

Collection Points

DERNIERS TITRES PARUS

P930. Le Petit Traité des grandes vertus
André Comte-Sponville
P931. Le Mariage berbère, *Simonne Jacquemard*
P932. Dehors et pas d'histoires, *Christophe Nicolas*
P933. L'Homme blanc, *Tiffany Tavernier*
P934. Exhortation aux crocodiles, *Antonio Lobo Antunes*
P935. Treize Récits et Treize Épitaphes, *William T. Vollmann*
P936. La Traversée de la nuit, *Geneviève de Gaulle Anthonioz*
P937. Le Métier à tisser, *Mohammed Dib*
P938. L'Homme aux sandales de caoutchouc, *Kateb Yacine*
P939. Le Petit Col des loups, *Maryline Desbiolles*
P940. Allah n'est pas obligé, *Ahmadou Kourouma*
P941. Veuves au maquillage, *Pierre Senges*
P942. La Dernière Neige, *Hubert Mingarelli*
P943. Requiem pour une huître, *Hubert Michel*
P944. Morgane, *Michel Rio*
P945. Oncle Petros et la Conjecture de Goldbach
Apostolos Doxiadis
P946. La Tempête, *Juan Manuel de Prada*
P947. Scènes de la vie d'un jeune garçon, *J.M. Coetzee*
P948. L'avenir vient de loin, *Jean-Noël Jeanneney*
P949. 1280 Âmes, *Jean-Bernard Pouy*
P950. Les Péchés des pères, *Lawrence Block*
P951. Les Enfants de fortune, *Jean-Marc Roberts*
P952. L'Incendie, *Mohammed Dib*
P953. Aventures, *Italo Calvino*
P954. Œuvres pré-posthumes, *Robert Musil*
P955. Sérénissime Assassinat, *Gabrielle Wittkop*
P956. L'Ami de mon père, *Frédéric Vitoux*
P957. Messaouda, *Abdelhak Serhane*
P958. La Croix et la Bannière, *William Boyd*
P959. Une voix dans la nuit, *Armistead Maupin*
P960. La Face cachée de la lune, *Martin Suter*
P961. Des villes dans la plaine, *Cormac McCarthy*
P962. L'Espace prend la forme de mon regard, *Hubert Reeves*
P963. L'Indispensable Petite Robe noire, *Lauren Henderson*
P964. Vieilles Dames en péril, *Margaret Yorke*
P965. Jeu de main, jeu de vilain, *Michelle Spring*
P966. Carlota Fainberg, *Antonio Muñoz Molina*
P967. Cette aveuglante absence de lumière, *Tahar Ben Jelloun*
P968. Manuel de peinture et de calligraphie, *José Saramago*

P969. Dans le nu de la vie, *Jean Hatzfeld*
P970. Lettres luthériennes, *Pier Paolo Pasolini*
P971. Les Morts de la Saint-Jean, *Henning Mankell*
P972. Ne zappez pas, c'est l'heure du crime, *Nancy Star*
P973. Connaissance de la douleur, *Carlo Emilio Gadda*
P974. Les Feux du Bengale, *Amitav Ghosh*
P975. Le Professeur et la Sirène
Giuseppe Tomasi di Lampedusa
P976. Éloge de la phobie, *Brigitte Aubert*
P977. L'Univers, les dieux, les hommes, *Jean-Pierre Vernant*
P978. Les Gardiens de la vérité, *Michael Collins*
P979. Jours de Kabylie, *Mouloud Feraoun*
P980. La Pianiste, *Elfriede Jelinek*
P981. L'homme qui savait tout, *Catherine David*
P982. La Musique d'une vie, *Andreï Makine*
P983. Un vieux cœur, *Bertrand Visage*
P984. Le Caméléon, *Andreï Kourkov*
P985. Le Bonheur en Provence, *Peter Mayle*
P986. Journal d'un tueur sentimental et autres récits
Luis Sepúlveda
P987. Étoile de mère, *G. Zoë Garnett*
P988. Le Vent du plaisir, *Hervé Hamon*
P989. L'Envol des anges, *Michael Connelly*
P990. Noblesse oblige, *Donna Leon*
P991. Les Étoiles du Sud, *Julien Green*
P992. En avant comme avant !, *Michel Folco*
P993. Pour qui vous prenez-vous ?, *Geneviève Brisac*
P994. Les Aubes, *Linda Lê*
P995. Le Cimetière des bateaux sans nom
Arturo Pérez-Reverte
P996. Un pur espion, *John le Carré*
P997. La Plus Belle Histoire des animaux, *Boris Cyrulnik, Jean-Pierre Digard, Pascal Picq, Karine-Lou Matignon*
P998. La Plus Belle Histoire de la Terre, *André Brahic, Paul Tapponnier, Lester R. Brown, Jacques Girardon*
P999. La Plus Belle Histoire des plantes, *Jean-Marie Pelt, Marcel Mazoyer, Théodore Monod, Jacques Girardon*
P1000. Le Monde de Sophie, *Jostein Gaarder*
P1001. Suave comme l'éternité, *George P. Pelecanos*
P1002. Cinq Mouches bleues, *Carmen Posadas*
P1003. Le Monstre, *Jonathan Kellerman*
P1004. À la trappe !, *Andrew Klavan*
P1005. Urgence, *Sarah Paretsky*
P1006. Galindez, *Manuel Vázquez Montalbán*

P1007. Le Sanglot de l'homme blanc, *Pascal Bruckner*
P1008. La Vie sexuelle de Catherine M., *Catherine Millet*
P1009. La Fête des Anciens, *Pierre Mertens*
P1010. Une odeur de mantèque, *Mohammed Khaïr-Eddine*
P1011. N'oublie pas mes petits souliers, *Joseph Connolly*
P1012. Les Bonbons chinois, *Mian Mian*
P1013. Boulevard du Guinardó, *Juan Marsé*
P1014. Des lézards dans le ravin, *Juan Marsé*
P1015. Besoin de vélo, *Paul Fournel*
P1016. La Liste noire, *Alexandra Marinina*
P1017. La Longue Nuit du sans-sommeil, *Lawrence Block*
P1018. Perdre, *Pierre Mertens*
P1019. Les Exclus, *Elfriede Jelinek*
P1020. Putain, *Nelly Arcan*
P1021. La Route de Midland, *Arnaud Cathrine*
P1022. Le Fil de soie, *Michèle Gazier*
P1023. Paysages originels, *Olivier Rolin*
P1024. La Constance du jardinier, *John le Carré*
P1025. Ainsi vivent les morts, *Will Self*
P1026. Doux Carnage, *Toby Litt*
P1027. Le Principe d'humanité, *Jean-Claude Guillebaud*
P1028. Bleu, histoire d'une couleur, *Michel Pastoureau*
P1029. Speedway, *Philippe Thirault*
P1030. Les Os de Jupiter, *Faye Kellerman*
P1031. La Course au mouton sauvage, *Haruki Murakami*
P1032. Les Sept Plumes de l'aigle, *Henri Gougaud*
P1033. Arthur, *Michel Rio*
P1034. Hémisphère Nord, *Patrick Roegiers*
P1035. Disgrâce, *J.M. Coetzee*
P1036. L'Âge de fer, *J.M. Coetzee*
P1037. Les Sombres Feux du passé, *Chang-rae Lee*
P1038. Les Voix de la liberté, *Michel Winock*
P1039. Nucléaire Chaos, *Stéphanie Benson*
P1040. Bienheureux ceux qui ont soif..., *Anne Holt*
P1041. Le Marin à l'ancre, *Bernard Giraudeau*
P1042. L'Oiseau des ténèbres, *Michael Connelly*
P1043. Les Enfants des rues étroites, *Abdelhak Sehrane*
P1044. L'Île et Une nuit, *Daniel Maximin*
P1045. Bouquiner, *Annie François*
P1046. Nat Tate, *William Boyd*
P1047. Le Grand Roman indien, *Shashi Tharoor*
P1048. Les Lettres mauves, *Lawrence Block*
P1049. L'Imprécateur, *René-Victor Pilhes*
P1050. Le Stade de Wimbledon, *Daniele Del Giudice*

P1051. La Deuxième Gauche, *Hervé Hamon et Patrick Rotman*
P1052. La Tête en bas, *Noëlle Châtelet*
P1053. Le Jour de la cavalerie, *Hubert Mingarelli*
P1054. Le Violon noir, *Maxence Fermine*
P1055. Vita Brevis, *Jostein Gaarder*
P1056. Le Retour des caravelles, *António Lobo Antunes*
P1057. L'Enquête, *Juan José Saer*
P1058. Pierre Mendès France, *Jean Lacouture*
P1059. Le Mètre du monde, *Denis Guedj*
P1060. Mort d'une héroïne rouge, *Qiu Xiaolong*
P1061. Angle mort, *Sara Paretsky*
P1062. La Chambre d'écho, *Régine Detambel*
P1063. Madame Seyerling, *Didier Decoin*
P1064. L'Atlantique et les Amants, *Patrick Grainville*
P1065. Le Voyageur, *Alain Robbe-Grillet*
P1066. Le Chagrin des Belges, *Hugo Claus*
P1067. La Ballade de l'impossible, *Haruki Murakami*
P1068. Minoritaires, *Gérard Miller*
P1069. La Reine scélérate, *Chantal Thomas*
P1070. Trompe la mort, *Lawrence Block*
P1071. V'là aut' chose, *Nancy Star*
P1072. Jusqu'au dernier, *Deon Meyer*
P1073. Le Rire de l'ange, *Henri Gougaud*
P1074. L'Homme sans fusil, *Ysabelle Lacamp*
P1075. Le Théoriste, *Yves Pagès*
P1076. L'Artiste des dames, *Eduardo Mendoza*
P1077. Les Turbans de Venise, *Nedim Gürsel*
P1078. Zayni Barakat, *Ghamal Ghitany*
P1079. Éloge de l'amitié, ombre de la trahison
Tahar Ben Jelloun
P1080. La Nostalgie du possible. Sur Pessoa
Antonio Tabucchi
P1081. La Muraille invisible, *Henning Mankell*
P1082. Ad vitam aeternam, *Thierry Jonquet*
P1083. Six Mois au fond d'un bureau, *Laurent Laurent*
P1084. L'Ami du défunt, *Andreï Kourkov*
P1085. Aventures dans la France gourmande, *Peter Mayle*
P1086. Les Profanateurs, *Michael Collins*
P1087. L'Homme de ma vie, *Manuel Vázquez Montalbán*
P1088. Wonderland Avenue, *Michael Connelly*
P1089. L'Affaire Paola, *Donna Leon*
P1090. Nous n'irons plus au bal, *Michelle Spring*
P1091. Les Comptoirs du Sud, *Philippe Doumenc*
P1092. Foraine, *Paul Fournel*

P1093. Mère agitée, *Nathalie Azoulay*
P1094. Amanscale, *Maryline Desbiolles*
P1095. La Quatrième Main, *John Irving*
P1096. La Vie devant ses yeux, *Laura Kasischke*
P1097. Foe, *J.M. Coetzee*
P1098. Les Dix Commandements, *Marc-Alain Ouaknin*
P1099. Errance, *Raymond Depardon*
P1100. Dr la Mort, *Jonathan Kellerman*
P1101. Tatouage à la fraise, *Lauren Henderson*
P1102. La Frontière, *Patrick Bard*
P1103. La Naissance d'une famille, *T. Berry Brazelton*
P1104. Une mort secrète, *Richard Ford*
P1105. Blanc comme neige, *George P. Pelecanos*
P1106. Jours tranquilles à Belleville, *Thierry Jonquet*
P1107. Amants, *Catherine Guillebaud*
P1108. L'Or du roi, *Arturo Perez-Reverte*
P1109. La Peau d'un lion, *Michael Ondaatje*
P1110. Funérarium, *Brigitte Aubert*
P1111. Requiem pour une ombre, *Andrew Klavan*
P1113. Tigre en papier, *Olivier Rolin*
P1114. Le Café Zimmermann, *Catherine Lépront*
P1115. Le Soir du chien, *Marie-Hélène Lafon*
P1116. Hamlet, pan, pan, pan, *Christophe Nicolas*
P1117. La Caverne, *José Saramago*
P1118. Un ami parfait, *Martin Suter*
P1119. Chang et Eng le double-garçon, *Darin Strauss*
P1120. Les Amantes, *Elfriede Jelinek*
P1121. L'Étoffe du diable, *Michel Pastoureau*
P1122. Meurtriers sans visage, *Henning Mankell*
P1123. Taxis noirs, *John McLaren*
P1124. La Revanche de Dieu, *Gilles Kepel*
P1125. À ton image, *Louise L. Lambrichs*
P1126. Les Corrections, *Jonathan Franzen*
P1127. Les Abeilles et la Guêpe, *François Maspero*
P1128. Les Adieux à la Reine, *Chantal Thomas*
P1129. Dondog, *Antoine Volodine*
P1130. La Maison Russie, *John le Carré*
P1131. Livre de chroniques, *António Lobo Antunes*
P1132. L'Europe en première ligne, *Pascal Lamy*
P1133. Les Nouveaux Maîtres du monde, *Jean Ziegler*
P1134. Tous des rats, *Barbara Seranella*
P1135. Des morts à la criée, *Ed Dee*
P1136. Allons voir plus loin, veux-tu ?, *Anny Duperey*
P1137. Les Papas et les Mamans, *Diastème*

P1138. Phantasia, *Abdelwahab Meddeb*
P1139. Métaphysique du chien, *Philippe Ségur*
P1140. Mosaïque, *Claude Delarue*
P1141. Dormir accompagné, *António Lobo Antunes*
P1142. Un monde ailleurs, *Stewart O'Nan*
P1143. Rocks Springs, *Richard Ford*
P1144. L'Ami de Vincent, *Jean-Marc Roberts*
P1145. La Fascination de l'étang, *Virginia Woolf*
P1146. Ne te retourne pas, *Karin Fossum*
P1147. Dragons, *Marie Desplechin*
P1148. La Médaille, *Lydie Salvayre*
P1149. Les Beaux Bruns, *Patrick Gourvennec*
P1150. Poids léger, *Olivier Adam*
P1151. Les Trapézistes et le Rat, *Alain Fleischer*
P1152. À livre ouvert, *William Boyd*
P1153. Péchés innombrables, *Richard Ford*
P1154. Une situation difficile, *Richard Ford*
P1155. L'éléphant s'évapore, *Haruki Murakami*
P1156. Un amour dangereux, *Ben Okri*
P1157. Le Siècle des communismes, *ouvrage collectif*
P1158. Funky Guns, *George P. Pelecanos*
P1159. Les Soldats de l'aube, *Deon Meyer*
P1160. Le Figuier, *François Maspero*
P1161. Les Passagers du Roissy-Express, *François Maspero*
P1162. Visa pour Shanghai, *Qiu Xiaolong*
P1163. Des dahlias rouge et mauve, *Frédéric Vitoux*
P1164. Il était une fois un vieux couple heureux
Mohammed Khaïr-Eddine
P1165. Toilette de chat, *Jean-Marc Roberts*
P1166. Catalina, *Florence Delay*
P1167. Nid d'hommes, *Lu Wenfu*
P1168. La Longue Attente, *Ha Jin*
P1169. Pour l'amour de Judith, *Meir Shalev*
P1170. L'Appel du couchant, *Gamal Ghitany*
P1171. Lettres de Drancy
P1172. Quand les parents se séparent, *Françoise Dolto*
P1173. Amours sorcières, *Tahar Ben Jelloun*
P1174. Sale Temps, *Sara Paretsky*
P1175. L'Ange du Bronx, *Ed Dee*
P1176. La Maison du désir, *France Huser*
P1177. Cytomégalovirus, *Hervé Guibert*
P1178. Les Treize Pas, *Mo Yan*
P1179. Le Pays de l'alcool, *Mo Yan*
P1180. Le Principe de Frédelle, *Agnès Desarthe*

P1181. Les Gauchers, *Yves Pagès*
P1182. Rimbaud en Abyssinie, *Alain Borer*
P1183. Tout est illuminé, *Jonathan Safran Foer*
P1184. L'Enfant zigzag, *David Grossman*
P1185. La Pierre de Rosette, *Robert Solé et Dominique Valbelle*
P1186. Le Maître de Pétersbourg, *J.M. Coetzee*
P1187. Les Chiens de Riga, *Henning Mankell*
P1188. Le Tueur, *Eraldo Baldini*
P1189. Un silence de fer, *Marcello Fois*
P1190. La Filière du jasmin, *Denise Hamilton*
P1191. Déportée en Sibérie, *Margarete Buber-Neumann*
P1192. Les Mystères de Buenos Aires, *Manuel Puig*
P1193. La Mort de la phalène, *Virginia Woolf*
P1194. Sionoco, *Leon de Winter*
P1195. Poèmes et Chansons, *Georges Brassens*
P1196. Innocente, *Dominique Souton*
P1197. Taking Lives / Destins violés, *Michael Pye*
P1198. Gang, *Toby Litt*
P1199. Elle est partie, *Catherine Guillebaud*
P1200. Le Luthier de Crémone, *Herbert Le Porrier*
P1201. Le Temps des déracinés, *Elie Wiesel*
P1202. Les Portes du sang, *Michel del Castillo*
P1203. Featherstone, *Kirsty Gunn*
P1204. Un vrai crime pour livres d'enfants, *Chloe Hooper*
P1205. Les Vagabonds de la faim, *Tom Kromer*
P1206. Mister Candid, *Jules Hardy*
P1207. Déchaînée, *Lauren Henderson*
P1208. Hypnose mode d'emploi, *Gérard Miller*
P1209. Corse, *Jean-Noël Pancrazi et Raymond Depardon*
P1210. Le Dernier Viking, *Patrick Grainville*
P1211. Charles et Camille, *Frédéric Vitoux*
P1212. Siloé, *Paul Gadenne*
P1213. Bob Marley, *Stephen Davies*
P1214. Ça ne peut plus durer, *Joseph Connolly*
P1215. Tombe la pluie, *Andrew Klavan*
P1216. Quatre Soldats, *Hubert Mingarelli*
P1217. Les Cheveux de Bérénice, *Denis Guedj*
P1218. Les Garçons d'en face, *Michèle Gazier*
P1219. Talion, *Christian de Montella*
P1220. Les Images, *Alain Rémond*
P1221. La Reine du Sud, *Arturo Perez-Reverte*
P1222. Vieille Menteuse, *Anne Fine*
P1223. Danse, danse, danse, *Haruki Murakami*
P1224. Le Vagabond de Holmby Park, *Herbert Lieberman*

P1225. Des amis haut placés, *Donna Leon*
P1226. Tableaux d'une ex., *Jean-Luc Benoziglio*
P1227. La Compagnie, le grand roman de la CIA, *Robert Little*
P1228. Chair et Sang, *Jonathan Kellerman*
P1230. Darling Lilly, *Michael Connelly*
P1231. Les Tortues de Zanzibar, *Giles Foden*
P1232. Il a fait l'idiot à la chapelle !, *Daniel Auteuil*
P1233. Lewis & Alice, *Didier Decoin*
P1234. Dialogue avec mon jardinier, *Henri Cueco*
P1235. L'Émeute, *Shashi Tharoor*
P1236. Le Palais des Miroirs, *Amitav Ghosh*
P1237. La Mémoire du corps, *Shauna Singh Baldwin*
P1238. Middlesex, *Jeffrey Eugenides*
P1239. Je suis mort hier, *Alexandra Marinina*
P1240. Cendrillon, mon amour, *Lawrence Block*
P1241. L'Inconnue de Baltimore, *Laura Lippman*
P1242. Berlinale Blitz, *Stéphanie Benson*
P1243. Abattoir 5, *Kurt Vonnegut*
P1244. Catalogue des idées reçues sur la langue *Marina Yaguello*
P1245. Tout se paye, *Georges P. Pelacanos*
P1246. Autoportrait à l'ouvre-boîte, *Philippe Ségur*
P1247. Tout s'avale, *Hubert Michel*
P1248. Quand on aime son bourreau, *Jim Lewis*
P1249. Tempête de glace, *Rick Moody*
P1250. Dernières Nouvelles du bourbier, *Alexandre Ikonnikov*
P1251. Le Rameau brisé, *Jonathan Kellerman*
P1252. Passage à l'ennemie, *Lydie Salvayre*
P1253. Une saison de machettes, *Jean Hatzfeld*
P1254. Le Goût de l'avenir, *Jean-Claude Guillebaud*
P1255. L'Étoile d'Alger, *Aziz Chouaki*
P1256. Cartel en tête, *John McLaren*
P1257. Sans penser à mal, *Barbara Seranella*
P1258. Tsili, *Aharon Appelfeld*
P1259. Le Temps des prodiges, *Aharon Appelfeld*
P1260. Ruines-de-Rome, *Pierre Sengès*
P1261. La Beauté des loutres, *Hubert Mingarelli*
P1262. La Fin de tout, *Jay McInerney*
P1263. Jeanne et les siens, *Michel Winock*
P1264. Les Chats mots, *Anny Duperey*
P1265. Quand j'avais cinq ans, je m'ai tué, *Howard Buten*
P1266. Vers l'âge d'homme, *J.M. Coetzee*
P1267. L'Invention de Paris, *Eric Hazan*
P1268. Chroniques de l'oiseau à ressort, *Haruki Murakami*

P1269. En crabe, *Günter Grass*
P1270. Mon père, ce harki, *Dalila Kerchouche*
P1271. Lumière morte, *Michael Connelly*
P1272. Détonations rapprochées, *C.J. Box*
P1273. Lorsque la nature parlait aux Égyptiens
Christiane Desroches Noblecourt
P1274. Le Tribunal des Flagrants Délires 1
Pierre Desproges
P1275. Le Tribunal des Flagrants Délires 2
Pierre Desproges
P1276. Un amant naïf et sentimental, *John le Carré*
P1277. Fragiles, *Philippe Delerm et Martine Delerm*
P1278. La Chambre blanche, *Christine Jordis*
P1279. Adieu la vie, adieu l'amour, *Juan Marsé*
P1280. N'entre pas si vite dans cette nuit noire
António Lobo Antunes
P1281. L'Évangile selon saint Loubard, *Guy Gilbert*
P1282. La femme qui attendait, *Andreï Makine*
P1283. Les Candidats, *Yun Sun Limet*
P1284. Petit Traité de désinvolture, *Denis Grozdanovitch*
P1285. Personne, *Linda Lê*
P1286. Sur la photo, *Marie-Hélène Lafon*
P1287. Le Mal du pays, *Patrick Roegiers*
P1288. Politique, *Adam Thirlwell*
P1289. Érec et Énide, *Manuel Vázquez Montalbán*
P1290. La Dormeuse de Naples, *Adrien Goetz*
P1291. Le croque-mort a la vie dure, *Tim Cockey*
P1292. Pretty Boy, *Lauren Henderson*
P1293. La Vie sexuelle en France, *Janine Mossuz-Lavau*
P1294. Souvenirs obscurs d'un Juif polonais né en France
Pierre Goldman
P1295. Dans l'alcool, *Thierry Vimal*
P1296. Le Monument, *Claude Duneton*
P1297. Mon nerf, *Rachid Djaïdani*
P1298. Plutôt mourir, *Marcello Fois*
P1299. Les pingouins n'ont jamais froid, *Andreï Kourkov*
P1300. La Mitrailleuse d'argile, *Viktor Pelevine*
P1301. Un été à Baden-Baden, *Leonid Tsypkin*
P1302. Hasard des maux, *Kate Jennings*
P1303. Le Temps des erreurs, *Mohammed Choukri*
P1304. Boumkœur, *Rachid Djaïdani*
P1305. Vodka-Cola, *Irina Denejkina*
P1306. La Lionne blanche, *Henning Mankell*
P1307. Le Styliste, *Alexandra Marinina*

P1308. Pas d'erreur sur la personne, *Ed Dee*
P1309. Le Casseur, *Walter Mosley*
P1310. Le Dernier Ami, *Tahar Ben Jelloun*
P1311. La Joie d'Aurélie, *Patrick Grainville*
P1312. L'Aîné des orphelins, *Tierno Monénembo*
P1313. Le Marteau pique-cœur, *Azouz Begag*
P1314. Les Âmes perdues, *Michael Collins*
P1315. Écrits fantômes, *David Mitchell*
P1316. Le Nageur, *Zsuzsa Bánk*
P1317. Quelqu'un avec qui courir, *David Grossman*
P1318. L'Attrapeur d'ombres, *Patrick Bard*
P1319. Venin, *Saneh Sangsuk*
P1320. Le Gone du Chaâba, *Azouz Begag*
P1321. Béni ou le paradis privé, *Azouz Begag*
P1322. Mésaventures du Paradis
Erik Orsenna et Bernard Matussière
P1323. L'Âme au poing, *Patrick Rotman*
P1324. Comedia Infantil, *Henning Mankell*
P1325. Niagara, *Jane Urquhart*
P1326. Une amitié absolue, *John le Carré*
P1327. Le Fils du vent, *Henning Mankell*
P1328. Le Témoin du mensonge, *Mylène Dressler*
P1329. Pelle le Conquérant 1, *Martin Andersen Nexø*
P1330. Pelle le Conquérant 2, *Martin Andersen Nexø*
P1331. Mortes-Eaux, *Donna Leon*
P1332. Déviances mortelles, *Chris Mooney*
P1333. Les Naufragés du Batavia, *Simon Leys*
P1334. L'Amandière, *Simonetta Agnello Hornby*
P1335. C'est en hiver que les jours rallongent, *Joseph Bialot*
P1336. Cours sur la rive sauvage, *Mohammed Dib*
P1337. Hommes sans mère, *Hubert Mingarelli*
P1338. Reproduction non autorisée, *Marc Vilrouge*
P1339. S.O.S., *Joseph Connolly*
P1340. Sous la peau, *Michel Faber*
P1341. Dorian, *Will Self*
P1342. Le Cadeau, *David Flusfeder*
P1343. Le Dernier Voyage d'Horatio II, *Eduardo Mendoza*
P1344. Mon vieux, *Thierry Jonquet*
P1345. Lendemains de terreur, *Lawrence Block*
P1346. Déni de justice, *Andrew Klavan*
P1347. Brûlé, *Leonard Chang*
P1348. Montesquieu, *Jean Lacouture*
P1349. Stendhal, *Jean Lacouture*
P1350. Le Collectionneur de collections, *Henri Cueco*

P1351. Camping, *Abdelkader Djemaï*
P1352. Janice Winter, *Rose-Marie Pagnard*
P1353. La Jalousie des fleurs, *Ysabelle Lacamp*
P1354. Ma vie, son œuvre, *Jacques-Pierre Amette*
P1355. Lila, Lila, *Martin Suter*
P1356. Un amour de jeunesse, *Ann Packer*
P1357. Mirages du Sud, *Nedim Gürsel*
P1358. Marguerite et les Enragés
Jean-Claude Lattès et Éric Deschodt
P1359. Los Angeles River, *Michael Connelly*
P1360. Refus de mémoire, *Sarah Paretsky*
P1361. Petite Musique de meurtre, *Laura Lippman*
P1362. Le Cœur sous le rouleau compresseur, *Howard Buten*
P1363. L'Anniversaire, *Mouloud Feraoun*
P1364. Passer l'hiver, *Olivier Adam*
P1365. L'Infamille, *Christophe Honoré*
P1366. La Douceur, *Christophe Honoré*
P1367. Des gens du monde, *Catherine Lépront*
P1368. Vent en rafales, *Taslima Nasreen*
P1369. Terres de crépuscule, *J. M. Coetzee*
P1370. Lizka et ses hommes, *Alexandre Ikonnikov*
P1371. Le Châle, *Cynthia Ozick*
P1372. L'Affaire du Dahlia noir, *Steve Hodel*
P1373. Premières Armes, *Faye Kellerman*
P1374. Onze Jours, *Donald Harstad*
P1375. Le croque-mort préfère la bière, *Tim Cockey*
P1376. Le Messie de Stockholm, *Cynthia Ozick*
P1377. Quand on refuse on dit non, *Ahmadou Kourouma*
P1378. Une vie française, *Jean-Paul Dubois*
P1379. Une année sous silence, *Jean-Paul Dubois*
P1380. La Dernière Leçon, *Noëlle Châtelet*
P1381. Folle, *Nelly Arcan*
P1382. La Hache et le Violon, *Alain Fleischer*
P1383. Vive la sociale !, *Gérard Mordillat*
P1384. Histoire d'une vie, *Aharon Appelfeld*
P1385. L'Immortel Bartfuss, *Aharon Appelfeld*
P1386. Beaux seins, belles fesses, *Mo Yan*
P1387. Séfarade, *Antonio Muñoz Molina*
P1388. Le Gentilhomme au pourpoint jaune
Arturo Pérez Reverte
P1389. Ponton à la dérive, *Daniel Katz*
P1390. La Fille du directeur de cirque, *Jostein Gaarder*
P1391. Pelle le Conquérant 3, *Martin Andersen Nexø*
P1392. Pelle le Conquérant 4, *Martin Andersen Nexø*

P1393. Soul Circus, *George P. Pelecanos*
P1394. La Mort au fond du canyon, *C. J. Box*
P1395. Recherchée, *Karin Alvtegen*
P1396. Disparitions à la chaîne, *Åke Smedberg*
P1397. Bardo or not bardo, *Antoine Volodine*
P1398. La Vingt-septième Ville, *Jonathan Franzen*
P1399. Pluie, *Kirsty Gunn*
P1400. La Mort de Carlos Gardel, *António Lobo Antunes*
P1401. La Meilleure Façon de grandir, *Meir Shalev*
P1402. Les Plus Beaux Contes zen, *Henri Brunel*
P1403. Le Sang du monde, *Catherine Clément*
P1404. Poétique de l'égorgeur, *Philippe Ségur*
P1405 La Proie des âmes, *Matt Ruff*
P1406. La Vie invisible, *Juan Manuel de Prada*
P1407. Qu'elle repose en paix, *Jonathan Kellerman*
P1408. Le Croque-mort à tombeau ouvert, *Tim Cockey*
P1409. La Ferme des corps, *Bill Bass*
P1410. Le Passeport, *Azouz Begag*
P1411. La station Saint Martin est fermée au public
Joseph Bialot
P1412. L'Intégration, *Azouz Begag*
P1413. La Géométrie des sentiments, *Patrick Roegiers*
P1414. L'Ame du chasseur, *Deon Meyer*
P1415. La Promenade des délices, *Mercedes Deambrosis*
P1416. Un après-midi avec Rock Hudson
Mercedes Deambrosis
P1417. Ne gênez pas le bourreau, *Alexandra Marinina*
P1418. Verre cassé, *Alain Mabanckou*
P1419. African Psycho, *Alain Mabanckou*
P1420. Le Nez sur la vitre, *Abdelkader Djemaï*
P1421. Gare du Nord, *Abdelkader Djemaï*
P1422. Le Chercheur d'Afriques, *Henri Lopes*
P1423. La Rumeur d'Aquitaine, *Jean Lacouture*
P1425. Un saut dans le vide, *Ed Dee*
P1426. En l'absence de Blanca, *Antonio Muñoz Molina*
P1427. La Plus Belle Histoire du bonheur, *collectif*
P1424. Une soirée, *Anny Duperey*
P1429. Comment c'était. Souvenirs sur Samuel Beckett
Anne Atik
P1430. Suite à l'hôtel Crystal, *Olivier Rolin*
P1431. Le Bon Serviteur, *Carmen Posadas*
P1432. Traité de savoir-vivre à l'usage des jeunes Russes
Gary Shteyngart
P1433. C'est égal, *Agota Kristof*

P1434. Le Nombril des femmes, *Dominique Quessada*
P1435. L'Enfant à la luge, *Chris Mooney*
P1436. Encres de Chine, *Qiu Xiaolong*
P1437. Enquête de mor(t)alité, *Gene Riehl*
P1438. Le Château du roi dragon, La Saga du roi dragon I
Stephen Lawhead
P1439. Les Armes des Garamont, La Malerune I
Pierre Grimbert
P1440. Le Prince déchu, Les Enfants de l'Atlantide I
Bernard Simonay
P1441. Le Voyage d'Hawkwood, Les Monarchies divines I
Paul Kearney
P1442. Un trône pour Hadon, Le Cycle d'Opar I
Philip-José Farmer
P1443. Fendragon, *Barbara Hambly*
P1444. Les Brigands de la forêt de Skule, *Kerstin Ekman*
P1445. L'Abîme, *John Crowley*
P1446. Œuvre poétique, *Léopold Sédar Senghor*
P1447. Cadastre, *suivi de* Moi, Laminaire…, *Aimé Césaire*
P1448. La Terre vaine et autres poèmes, *Thomas Stearns Eliot*
P1449. Le Reste du voyage et autres poèmes, *Bernard Noël*
P1450. Haïkus, *anthologie*
P1451. L'Homme qui souriait, *Henning Mankell*
P1452. Une question d'honneur, *Donna Leon*
P1453. Little Scarlet, *Walter Mosley*
P1454. Elizabeth Costello, *J.M. Coetzee*
P1455. Le maître a de plus en plus d'humour, *Mo Yan*
P1456. La Femme sur la plage avec un chien, *William Boyd*
P1457. Accusé Chirac, levez-vous !, *Denis Jeambar*
P1458. Sisyphe, roi de Corinthe, *François Rachline*
P1459. Le Voyage d'Anna, *Henri Gougaud*
P1460. Le Hussard, *Arturo Pérez-Reverte*
P1461. Les Amants de pierre, *Jane Urquhart*
P1462. Corcovado, *Jean-Paul Delfino*
P1463. Hadon, le guerrier, Le Cycle d'Opar II
Philip José Farmer
P1464. Maîtresse du Chaos, La Saga de Raven I
Robert Holdstock et Angus Wells
P1465. La Sève et le Givre, *Léa Silhol*
P1466. Élégies de Duino *suivi de* Sonnets à Orphée
Rainer Maria Rilke
P1467. Rilke, *Philippe Jaccottet*
P1468. C'était mieux avant, *Howard Buten*
P1469. Portrait du Gulf Stream, *Érik Orsenna*

P1470. La Vie sauve, *Lydie Violet et Marie Desplechin*
P1471. Chicken Street, *Amanda Sthers*
P1472. Polococktail Party, *Dorota Maslowska*
P1473. Football factory, *John King*
P1474. Une petite ville en Allemagne, *John le Carré*
P1475. Le Miroir aux espions, *John le Carré*
P1476. Deuil interdit, *Michael Connelly*
P1477. Le Dernier Testament, *Philip Le Roy*
P1478. Justice imminente, *Jilliane Hoffman*
P1479. Ce cher Dexter, *Jeff Lindsay*
P1480. Le Corps noir, *Dominique Manotti*
P1481. Improbable, *Adam Fawer*
P1482. Les Rois hérétiques, Les Monarchies divines II
Paul Kearney
P1483. L'Archipel du soleil, Les Enfants de l'Atlantide II
Bernard Simonay
P1484. Code Da Vinci: l'enquête
Marie-France Etchegoin et Frédéric Lenoir
P1485. L.A. Confidentiel : les secrets de Lance Armstrong
Pierre Ballester et David Walsh
P1486. Maria est morte, *Jean-Paul Dubois*
P1487. Vous aurez de mes nouvelles, *Jean-Paul Dubois*
P1488. Un pas de plus, *Marie Desplechin*
P1489. D'excellente famille, *Laurence Deflassieux*
P1490. Une femme normale, *Émilie Frèche*
P1491. La Dernière Nuit, *Marie-Ange Guillaume*
P1492. Le Sommeil des poissons, *Véronique Ovaldé*
P1493. La Dernière Note, *Jonathan Kellerman*
P1494. La Cité des jarres, *Arnaldur Indridason*
P1495. Électre à la Havane, *Leonardo Padura*
P1496. Le croque-mort est bon vivant, *Tim Cockey*
P1497. Le Cambrioleur en maraude, *Lawrence Block*
P1498. L'Araignée d'émeraude, La Saga de Raven II
Robert Holdstock et Angus Wells
P1499. Faucon de mai, *Gillian Bradshaw*
P1500. La Tante marquise, *Simonetta Agnello Hornby*
P1501. Anita, *Alicia Dujovne-Ortiz*
P1502. Mexico City Blues, *Jack Kerouac*
P1503. Poésie verticale, *Roberto Juarroz*
P1506. Histoire de Rofo, Clown, *Howard Buten*
P1507. Manuel à l'usage des enfants qui ont des parents difficiles
Jeanne Van den Brouk
P1508. La Jeune Fille au balcon, *Leïla Sebbar*
P1509. Zenzela, *Azouz Begag*
P1510. La Rebellion, *Joseph Roth*